悠长假日

[印] 阿米特·乔杜里——著

黎志萍——译

图书在版编目（CIP）数据

悠长假日 /（印）阿米特·乔杜里著；黎志萍译
. -- 成都：四川文艺出版社，2019.9（2019.11 重印）
ISBN 978-7-5411-5490-4

Ⅰ. ①悠… Ⅱ. ①阿… ②黎… Ⅲ. ①长篇小说 – 印
度 – 现代 Ⅳ. ① I351.45

中国版本图书馆 CIP 数据核字 (2019) 第 173753 号

著作权合同登记号 图进字：21-2019-401

YOUCHANGJIARI

悠长假日

[印] 阿米特·乔杜里 著

黎志萍 译

出 品 人	张庆宁
出版统筹	刘运东
特约监制	刘思懿
责任编辑	叶竹君　周轶
特约策划	刘思懿
责任校对	汪 平
特约编辑	郑淑宁　申惠妍
封面设计	末末美书

出版发行	四川文艺出版社（成都市槐树街2号）
网　址	www.scwys.com
电　话	028-86259287（发行部）　028-86259303（编辑部）
传　真	028-86259306

邮购地址	成都市槐树街2号四川文艺出版社邮购部　610031
印　刷	三河市海新印务有限公司
成品尺寸	145mm×210mm　开　本　32开
印　张	7.5　字　数　120千字
版　次	2019年9月第一版　印　次　2019年11月第二次印刷
书　号	ISBN 978-7-5411-5490-4
定　价	39.80元

献给我的父母

目 录
CONTENTS

加尔各答的假日时光

他看到了这条小巷子，巷子两边面对面地坐落着一些不好看也不起眼的小房子——小舅[①]的家就在这里，里面有个小院子，院子里有棵柚子树，窗户边爬满爬山虎……一个男孩在来回推着锈迹斑斑的铁门，而另一个男孩则身体紧贴着那扇铁门站立。任凭第一个男孩怎么推，第二个男孩始终紧随铁门移动，脚下逐渐形成一道小小的弧形轨迹。当出租车在门口停下时，两个男孩敬畏地盯着车子看了好一会儿，然后惊恐地跑开了。只剩下铁门还在微微摆动……这时，楼上有一扇窗户被推开（周围一片寂静，桑迪普几乎能听见开锁声），窗棂的后面

----

① 小舅(Chhotomama)：在孟加拉语或其他北印度语中，"mama"的词意为"舅舅"。当地人通过给这个词加上不同的前缀来描述和划分世间各种类型的舅舅。比如，前缀词"chhoto"表示"小的"或"年少的"，因此"Chhotomama"被译为"小舅"。后文的"Mamima"可译为"舅妈"——小舅的妻子。孩子们则通常被冠以各种绰号，这些绰号有些是有寓意的，有些则没有。总之，在这个孟加拉家庭里充满着千奇百怪的名字和称呼语，它们就像一张纠缠不清的渔网或一个回音缭绕的洞穴，错综复杂又难以一一解释。希望读者能够通过上下文来加以理解。

露出巴布拉的脸。

　　小舅和女佣萨拉斯瓦蒂下楼来帮他们拿行李，而桑迪普跟着表弟们头也不回地跑上楼。由于兴奋，他脚步急促，似乎想匆匆结束什么抑或开始什么。舅妈站在半明半暗的楼梯口，显得那么端庄娴静——一年前，她就是站在这里跟桑迪普道别的，现在依然站在这里，似乎从未移动过。她亲热地跟桑迪普打招呼：

　　"莫纳，你还好吗？"

　　接着，她看见桑迪普的妈妈，赶紧往楼下迈了几步，轻松地抓住她的手，眼里闪着兴奋的光芒，喊道：

　　"姐姐……"

　　阿比、巴布拉、桑迪普、桑迪普的妈妈、舅舅和舅妈，一行人依次上楼，仿佛一支朝圣的队伍在向高处的神殿攀登。到了楼上，他们坐在一张宽大的床上。紧挨着床的墙壁斜上方有台老旧的电扇，正摇摇欲坠地左右摆动着，像一只想要展翅高飞的大鸟。节日的喜悦伴随阵阵凉意，在他们的心中流淌着。他们本可以随便去什么地方度假——去西高止山脉① 爬爬

---

① 西高止山脉（Western Ghats）：印度南部的一座山脉，位于德干高原的西部，呈南北走向，长度约 1600 千米，平均海拔为 900 米，纵贯马哈拉施特拉邦、卡纳塔克邦和喀拉拉邦。

山，或者去坎赫里石窟①看一看——但他们还是选择与亲人团
聚。此刻，桑迪普的妈妈打开一个箱子，把从孟买带来的礼物
分发给大家。

箱子打开后，闪闪发光的衣服、香水和其他物品展现在
大家眼前。

桑迪普的妈妈对舅妈说："我知道加尔各答的纱丽②质量最
好，但还是从孟买带了几件给你。"

舅妈夸赞道："哦，这些纱丽真漂亮。"说着，她打开其中
一件欣赏起来。这件纱丽上面手工编织着璀璨的群星、疾驰而
过的彗星以及具有象征意义的蓝色地平线。

小舅在旁边说："她说得对。"然后，他摸了摸这件纱丽，
有些勉强地说，"这件纱丽是不错，但质量最好的还是加尔各
答的纱丽。"

桑迪普和阿比在床上闷声不响地比赛摔跤，两个人扭打
成一团，乍一看就像床头上两个被人一怒之下抓得褶皱不堪的
枕头。周围的几个大人也仿佛在暗自较劲，因此对他们俩的关

① 坎赫里石窟（Kanheri Caves）：印度佛教遗址，距离孟买城40千米。二世
纪到十世纪期间开凿，属于印度佛教石窟中第二大石窟群，由109个石窟组成。
② 纱丽（sari）：印度、孟加拉国、巴基斯坦、尼泊尔、斯里兰卡等国妇女的
一种传统服装，是一种以丝绸为主要材料制作而成的衣服。

注并不比对枕头多。阿比的双臂被桑迪普牢牢地压制住,但他的表情仍旧冷漠,并假装筋疲力尽地凝视着桑迪普的眼睛。

桑迪普大声地问阿比:"认不认输?"

阿比小声地说:"不,我不认输。"

他们就像两个互相冲突的原理一样不可调和,再次陷入争斗。但实际上,这是他们彼此之间拥抱、接触和试探对方的借口——他们是一年未见的好友,他们喜欢这样的做法,因为争斗似乎是唯一可以接受的表现亲密关系的方式。巴布拉则坐在床上,竖着耳朵听大人们聊天,目光在几张脸之间来回移转,仿佛在凝神观看一场网球比赛;又仿佛想要从白色网球在球场两端的穿梭中,看出问题所在,继而想到破解之道。

大家聊着聊着,一个上午倏忽而过。桑迪普的妈妈聊到孟买,聊到桑迪普父亲在公司的职责,聊到他因勤恳工作而脱不开身……小舅觉得自己的问题虽然平常,但更不好解决。因此,索性侧耳倾听远道而来的姐姐对生活的抱怨,偶尔插上一两句,以示赞同或反对。桑迪普发现兄弟或姐弟之间拥有共同的出生背景能够向彼此分享许多东西。这个发现给作为独生子的他留下了心灵上的阴影,就像根深蒂固的榕树那繁茂的枝叶在地面投下的阴影一样。他在阴影中游荡,忘记这只是暂时的阴影。舅妈给桑迪普的妈妈和小舅端上茶,大家一边聊天,一边若有所思地搅动杯子里的茶水；萨拉斯瓦蒂去菜场买了一条又黑又大的叉尾鲇，准备用来做午餐。大人们从来都不缺聊天的话题，即便是在厨房里，在萨拉斯瓦蒂忙活午餐时，他们也能就锅碗瓢盆展开一场别开生面又火急火燎的对话。桑迪普跟表兄弟们一起做各种游戏，渐渐适应了小舅的家，适应了灰白的墙壁、角落里的蜘蛛网、旧床上平整的床单、外祖父母的画像和墙上摇摇欲坠又左右摆动的电风扇——所有的这一切都跟他在孟买居住的那套安静的高档公寓截然不同。

小伙伴们把会做的游戏做了个遍，然后去洗澡。他们全身赤裸地站在浴室前面，衣服堆在脚下；蛋蛋随意地往下耷拉着，就像小小的还未采摘的果子。巴布拉的小鸡鸡几乎看不见，就像昏睡中被人遗忘的小甲壳虫。然而，他并没有意识到自己跟别人有什么不同。因为他在这个世界上才生活了六年而已，穿衣服对他而言，是件令人困惑又不舒服的事情。

舅妈用芥子油揉搓阿比和巴布拉的身体。孩子们被弄得身体乱扭，一下子分开，一下子又挤到一块——他们就像任由小孩揉捏的橡皮泥一样，在妈妈手里乖乖地任她揉搓。如果哪只胳膊或腿被她拽住，他们就感觉要跟身体脱离了一般，但神奇的是，他们并不觉得疼痛，仿佛她灵巧的双手只是在拆卸一个有血有肉、奇形怪状的身体附加物而已。她给这个附加物擦油,擦得锃亮,然后带着满意的冷笑,把它重新安装回身体上。

　　一股浓烈的芥子油香弥漫开来,远远地沁入桑迪普的心脾,让他心情舒畅。这虽不是什么香甜的气味,却出乎意料地投他所好,让他想起阳光的味道。在孟加拉,人们会把罗望子的果实和婴儿的身体一起浸泡在芥子油中,然后把罗望子和婴儿一起放在阳台的垫子上,让他们吸收上午的阳光。罗望子要一直晾晒,直到晒干后有点萎缩,发出一种无可比拟的气味,并且晒得果实熟透;但是婴儿要及时抱入室内,以免被中午灼热的阳光晒伤,然后让其沐浴在冷水中。这时,小婴儿娇嫩的四肢乱划着,棕色的小身体油光发亮,活像刚从胡格利河①捕捞上来的小锦鲤,活蹦乱跳地挣扎着。

　　浴室是一个方形的小房间,左边是洗涤池,右边是窗户,窗台上还凌乱地摆放着洗发水、肥皂和药膏。在紧闭的窗子外侧,几只鸽子整个下午都悠然自得地站在窗台上,偶尔不经意地瞅一眼窗户里面裸身洗澡的人。你可以从浴室里听见窗外的八哥和棕鸟断断续续的合唱声,但实际上,从浴室隔壁的卫生间能够听得更清楚。在磨砂玻璃的后面,这种喧闹的歌声反反复复,强行灌入你的耳朵。有时,在浴室里还可以听见雏鸟尖

---

① 胡格利河(Hooghly River):印度西孟加拉邦河流,为恒河支流和加尔各答通海航道。

厉的叫声，让人有种被包围的安全感。

浴室中间有个水龙头，上方是一个圆形花洒，花洒上密布着一些凸起的小孔，水管里的水从这些小孔喷射而出。水管向下弯曲，像一只疲倦的长颈鹿的脖子。这就是小舅家的淋浴间，既没有热水，也没有浴缸，但大家似乎并不需要这些东西。在某些天的下午，萨拉斯瓦蒂会蹲在水龙头下清洗纱丽、被单以及长得叫人讨厌的布料。她使劲揉搓衣服，在地板上"咚咚咚"地反复捶打，水花四溅。此时，浴室也随着这种奇怪的节奏发出阵阵回音。洗完后，她把纱丽拧成长条形，看上去就像一条长长的瘫软无力的蟒蛇。如果发现男孩子们正在门后用乌黑好奇的眼睛打量她，她就会冲着孩子们嚷：

"你们这些小流氓在瞧什么？"

洗完澡以后，孩子们像小岛上赤身裸体的土匪一样冲了出来，脚踩在地板上留下湿漉漉的脚印。随后，他们到楼下餐厅吃午饭。一张摇晃不稳的大圆桌中间摆着一些盘子，桌子旁围了一圈椅子，孩子们大大咧咧地双脚悬空而坐。

一个平底盘里盛着鲜红浓烈的酱汁，酱汁里面是切成块的叉尾鲇，这些鲇鱼块在煎煮时，放了姜黄、红色辣椒酱、葱和蒜等调味料；米饭压得非常紧，紧得像块平整的白色蛋糕，里面插着一根像铲子一样的调羹；炒茄子片盛在一个白色碟子里；在另一个长柄盘里，装着木豆菜①；还有一个盘子里盛着具有异域风情的蔬菜——香蕉花细长又盘根错节的花丝，盘底是黑色的调味汁。每个盘子的一端都配有一小撮盐、一根绿色辣椒和一片味道清新的柠檬。大人们使劲嚼着辣椒（每个人都发出声响，声音非常干脆利落），在食物上撒一些没有生命力的、细小的辣椒籽。如果有哪个男孩够胆量或够愚蠢去咬一口辣椒，那他一定会被辣得泪流满面，恨不得一头扎进冷冽的湖水中。尽管小舅家的日子并不宽裕，但食物还算丰盛，尤其是星期天。他们的手指专注而享受地轻抚盘子里的米饭和酱汁，就像在盘子上熟练而优雅地跳着芭蕾舞一样，直到盘子空空如也。

---

① 木豆菜（dal）：印度的一种豆类菜品，用蚕豆、豌豆或小扁豆制成。

吃完饭后，他们洗了洗手，上到二楼，也是房子的顶楼。桑迪普的妈妈和舅妈两个人斜倚在大床上，开始聊天。她们的对话如清澈见底的溪流，偶尔流入万籁俱寂的沙漠。小舅打开收音机，里面立刻传来一阵含混不清的说话声，简直像当地的白痴在胡言乱语。

　　爷爷和孙子都爱吃薄脆的竹芋饼干。
　　宝洛琳消毒药膏不伤皮肤，无与伦比。

小舅仰面躺在小床上，感觉既稳当又安全，就像士兵躲在战壕里一样。他手里拿着报纸，报纸被他折过几次，上面满是折痕；他的脸和胳膊仿佛淹没在黑白报纸的海洋中，偶尔才浮出水面透透气。过了一会儿，小舅打了个哈欠，仿佛对自己先行入睡表示歉意。很快，他就沉沉睡去，报纸盖在他脸上，随着鼻孔不断地呼气吸气，微微地上下起伏，仿佛也在呼吸。大床上，舅妈和桑迪普的妈妈也开始进入梦乡，她们四肢摊开，活像四仰八叉的螃蟹。舅妈俯卧着，手臂弯曲，像在湖边游泳；而桑迪普的妈妈仰躺着，双脚（其中一只脚上有一道疤痕）像迈着欢快的舞步。

此刻，收音机里传出哀乐。这是一台老古董收音机（或许是小舅和舅妈的结婚礼物），形状像个盒子，上面的旋钮和转盘早已过时。小时候，桑迪普总以为有多才多艺的小矮人躲在盒子里面唱歌——但那似乎是很早以前的事了。收音机的旁边有一个白色钟面的时钟，走得总是比正常时钟快十分钟。每天夜里，时钟会重新调准时间，但一到早上，又不多不少地走快十分钟。星期一总会忙得焦头烂额，根本别想午睡。因此，在星期天用完午餐后，大人们总会小睡一会儿。大概四点半，时钟显示四点四十分时，大人们睡醒了，他们像赖床的孩子一样伸着懒腰。收音机里传来叽叽喳喳的声响，解说员正在神经兮兮、上气不接下气地解说着足球赛；目及之处，地板和家具上都蒙着一层灰尘。

加尔各答是一座"扬灰之城"，走在大街上，堆积在人行道上的尘土随处可见，像一座座小沙丘。小孩百无聊赖地坐在人行道上，工人正汗流浃背地拿着铲子和钻头挖开碎石路面。

路面常年被挖断，可能是为了建设新的地铁系统，也可能是为了其他不为人知的目的——比如，撤下一条没用的管道，或是装上另一条同样没用的管道……此时的加尔各答如同一个现代艺术作品，既不合理，又不实用，只是为了某种奇特的审美价值而存在。到处是挖开的壕沟和土堆，以至于这座城市看起来像遭受过炸弹空袭一样一片狼藉。一排排的老房子，墙壁厚重稳当，但外墙墙面已经剥落，慢慢积存起厚厚的灰尘；曾经锃亮的铁门如今也开始生锈。办公室的天花板也开始成片掉灰，建筑物蒙上厚厚的灰尘，路面也蒙上了厚厚的灰尘。路面的灰尘越积越高，形成一个又一个小土丘，这些土丘奇形怪状，令人惊叹，或许是风的杰作，又或许是小狗和小孩屁股坐在上面的结果。加尔各答就这样日复一日、无声无息地瓦解成灰，又日复一日地从灰尘中重新屹立。

　　加尔各答的房子每天必须打扫和擦洗两次。早上，萨拉斯瓦蒂会用一块湿抹布擦拭地板，舅妈会一丝不苟地拂去桌椅上的灰尘。灰尘扬起，弥漫在空气中，让人窒息；随后，灰尘似乎就蒸发、消散了。到了夜晚，灰尘再次集结，像湿气一样，覆盖在物体表面。夕阳即将西沉时，一个名叫查娅的妇人会上门来，把屋子再打扫一遍。孩子们会在一旁极不耐烦地等她打扫完，而她总是耐心地对着孩子们微笑。她的笑容有些严肃，脸部表情也给人一种严肃认真、富有教养的感觉。她看上去像亲切和蔼、善解人意的教师，很难相信，她竟然住在铁路另一边被称作"巴斯提"的破旧棚屋里。在那里，每当刮风的时候，粪便会从棚屋里面溢出来。

她用一种短扫帚清扫着地板，地板的面积很大，仿佛无边无际。扫帚长长的尾端让人联想到某种外来、不知名的小鸟耷拉着尾巴，扫帚尾端在扫除灰尘时，在地上留下弧形印迹。她把灰尘集中到一个角落，这个角落常常会堆积起一些没用的宝物，有些是从外面吹进来的，有些是屋内不知不觉中聚积起来的，如一根优雅的鸽子羽毛、一本书上撕下的一页纸、蚂蚁忘记拖走的一只死蜘蛛、舅妈和桑迪普的妈妈掉落的一团乌黑柔软的长头发等。

她将灰色的抹布放进桶里浸上水，蹲在房间一头，"沙沙沙"地擦着周围的地板。她用湿抹布擦地板时，右手臂像鱼鳍一样，机械而有规律地划动。她一边擦，一边小心翼翼地往房间的另一头挪动，直到完全挪到另一头。她蹲在地上一步步挪动的姿势非常奇怪，像一种奇异的两栖动物——一半是人类、一半是其他星球的生物，这种动物吃苦耐劳、单纯质朴，像乌龟一样步履缓慢。干完活后，地板几乎一尘不染，光滑得如同一面镜子或风和日丽时的湖面。最后，她站起身，挺直腰板，因为干活时，她几乎一直微曲着身体，仿佛在向一位无形的神灵鞠躬致敬。

度过星期天晚上的方式有很多，你可以驱车去奥特兰石梯，在那里跟家人一起去胡格利河河畔漫步，看空中随风飘荡的气球，看河面来往穿梭的汽船，看远处雾气缭绕的豪拉大桥 ①——它朦胧的轮廓看上去像地平线上的圣坛；你也可以待在家里，打开收音机，听完足球评论，再听喜剧、情节剧或侦探剧等戏剧。戏剧中女主角的声音如小提琴的音符般颤动，倒霉的情人总是大喊"绝不放弃你"或者"永远爱你"；遇到凶手谋杀的情节时，收音机里往往鼓钹齐鸣；滑稽搞笑的男人总是念错字，而且爱上女主角，剧情跟莎士比亚作品似像非像……

有时，查娅走进来，兴奋地说："操场上正在放电影呢！"

舅妈问："电影！什么电影？"

她的答复好像是《街头歌手》，又或者其他什么电影，反正是新剧场放映的那种四十年前制作的老电影。

男孩们立即跑到阳台，探身朝操场那边望去。操场位于教授家的院子前面，是一块似乎被开发商和建筑工人遗忘的神

① 豪拉大桥（Howrah Bridge）：位于印度加尔各答市，为该地标志性建筑。该桥于 1936 年开始建造，1942 年完工，1943 年时是世界第三长的悬臂桥。

奇空地，现在已经成为萤火虫的聚集地；每到夜晚，一群发着微光的萤火虫任意纷飞，像一盏盏绿色的微型飓风灯，把寂静的操场变成荧光闪烁的活动场。用人、孩子、人力车夫和住在巴斯提棚屋的穷人都聚到这里看电影。两根柱子之间悬挂着一块白布，过了一会儿，白布上面出现了一些巨大的黑白人像，放映机里的一束白光透射到白色幕布上，在幕布上晃动不清的巨大人影衬托下，坐在幕布前面的观众个个如侏儒般矮小。他们的喧哗声，加上电影刺耳的音响效果，使得现场的噪声如雷鸣般震耳欲聋。桑迪普使劲竖起耳朵听，睁大眼睛看，想弄清楚电影到底在讲什么。但最后，除了雷鸣般的喧闹声、黑暗的夜晚和幕布上晃动的黑白人影外，他什么也不知道。

等他们回到屋里，才发觉眼睛刺痛得厉害。正在看报纸的小舅抬起头，说：

"咱们开车出去兜兜风吧。"

舅妈刚给裤子缝完一粒纽扣，把线咬断，问：

"上哪儿去？"

小舅如孩子般自信地说："随便上哪儿都行。"

"但是，你开车不累吗？你明天还得上班。"

"今天路上特别冷清，星期天都这样……"

他们下了楼，小舅把车开出房子旁边的小车库。这是一辆老旧的灰色"大使"牌小轿车，车身斑驳褪色，似乎看不到往昔自然的颜色，取而代之的是岁月磨砺和反复使用留下的痕迹。它被磨损得像个破烂的旧纸箱，仪表盘上的指针已经停滞不动，像一个永远指向北边的报废指南针。如果下雨的话，发动机和摇晃不稳的车身还会发出刺耳的摩擦声，像一个醉汉用带喉音的方言讲着淫秽笑话，并且自己被逗得发出猥琐的笑声。

　　小舅得意地坐在驾驶室，手握方向盘；舅妈和桑迪普的妈妈亲热地紧挨着坐在后排；三个小男孩则挤在前排副驾驶位置——桑迪普靠窗而坐，阿比坐在桑迪普旁边，巴布拉坐在最里面，夹在父亲和哥哥之间，这个位置最闷热。车窗敞开着，两兄弟把窗边这个最佳位置慷慨地让给了表哥桑迪普，而桑迪普如同暴君屈尊取悦臣民般，慷慨地接受了这个位置。巴布拉的年纪最小，不得不"自愿"挤到最差的位置。孩子们之间似乎没有"民主"这种东西，他们的贵族地位建立在力量、智力和年龄的基础之上——其中，年龄是最重要的因素。十岁的孩子往往比九岁的孩子更强壮聪明，因为他在这个世界上多活了一年，而每多活一年，就相当于在一个新开的银行账户里多存了一笔珍贵的存款。即便在同龄的男孩之间，也会有一场不动声色的较量，一场纯洁而光荣的较量；但是，一旦有个孩子胜出，他的领导地位便确立下来，大家便不再有新的较量。

他们经过达库里亚大桥，经过高尔公园——公园里竖立着哲人斯瓦米·维韦卡南达①的雕像，他双臂交叉，神情肃穆，巍然挺立，傲视着前方的饼干广告牌；他们还经过加里亚赫特市场；经过拉什贝里大道——在平常的日子里，大道两旁一排排的商店开门营业，灯光璀璨——这条大道以内衣店数量最多而闻名于世；他们还开进乔林基路②，这里有许多殖民地时期的建筑物——这些建筑物显得空虚又傲慢，在这个星期天的夜晚，看起来就像是另一个年代的黑白照片。

一缕清凉舒适的微风忽地掠过车窗，这是夏夜里才有的疾风。桑迪普向来羡慕天上的飞鸟和水中的游鱼，觉得它们可以随心所欲地生活在自己选择的地方——鱼儿可以随波逐流，鸟儿可以张开翅膀，随风飘荡。所以，他喜欢开车兜风，对他来说，这相当于人类的遨游，让双脚休息，任凭身体漂浮。当车子右拐进入帕克大街时，鳞次栉比的商店和餐馆从他的眼前飞速掠过，犹如珊瑚和海葵从游鱼的身边掠过。此时，他的心绪异常宁静。一家体育用品商店——店门上方写着"卡斯尔伍

---

① 斯瓦米·维韦卡南达（Swami Vivekananda, 1863—1902）：印度近代哲学家、社会活动家、印度教改革家，法号"辨喜"。

② 乔林基路（Chowringhee）：加尔各答最热闹的商业街。

德（印度）"几个红色的大字，紧闭着玻璃大门，但里面的灯还亮着。桑迪普隔着商店橱窗看见一对网球拍斜斜地交叉叠放在一起，它们静止不动，显得极不真实，仿佛是某种已经消失的宗教符号。接着，汽车又经过弗卢里商店，这家商店兼茶馆、蛋糕店、休闲场所于一身。年轻的职员会带新婚妻子去那里小坐，这些小夫妻结婚前从未说过话，所以现在双方仍然有点害羞，也互不了解，在桌前面对面坐定后，双方尴尬地聊着天，随时可能陷入无话可说的窘境。除了年轻的新婚夫妇，还有一些圣泽维尔大学里头脑活络的年轻人来这里，他们会有意无意地斜瞄那些初为人妇、谦虚低调的年轻女人——这些女人也同样会斜瞄他们。和这些年轻人一起来的，还有一些盎格鲁-印度人和中国人，他们俨然像某个宗教团体的成员一样，每天上午、下午和晚上在这里聚会，一起喝茶，吃腊肠卷，互相点头致意。在"弗卢里商店"几个大字周围，点缀着一些五颜六色、闪闪发亮又滑稽可笑的小星星，像一幅模仿宇宙群星的漫画。"周一不营业"则显示出一种忧伤的信号。当小舅的老爷车折返时，后车窗还不经意地记录下帕克大街最后的影像——空荡荡的人行道、跌跌撞撞离开酒吧的醉汉以及在斑马线上逗留的小狗。

　　星期一的早晨还是如期而至，如发烧般不以人的意志为转移。小舅坐在餐桌前，匆忙地吃着早餐——有木豆、鱼和米饭。他尽量避免细嚼慢咽，以便尽早赶去上班。吃完早餐，他飞奔上楼，穿上锃亮的黑色皮鞋，而皮鞋早已备好，如同一个承诺已久的礼物，静待主人来收取。小舅要花上五分钟的时间把脚挤进鞋子或者让鞋子包住脚，然后系好鞋带，站起身，以胜利的姿态回报世人的关注。穿上白色衬衫和灰色裤子后，小舅看上去像换了一个人似的，变成文学作品中某一类人物的原型，这类人虽着墨不多，却让人倍感亲切、熟悉——就是那种为养家糊口而日夜操劳的平凡小人物，他虽然无法享受出人头地的荣耀，却是自我世界和家庭的中心。他不厌其烦地大喊："我要迟到了！"那语气简直像在喊"着火了""树倒了"①或

---

① 树倒了（Timber）：砍伐树木时的用语，提醒人们在大树即将倒下时要小心。

者"找到了"①。这时，萨拉斯瓦蒂和舅妈两个女人就会如惊弓之鸟般四处逃窜、闪避。

一切准备就绪后，小舅飞奔下楼，启动汽车。汽车的发动机立即噼啪作响，那声音简直像一个怒不可遏的人的呵斥声。最后，他把汽车开出车库，沿着小巷慢慢行驶，一群衣衫褴褛的小毛孩儿在车子后面疯跑着，欢呼雀跃地挥舞着手臂，就像一群微小的附属鱼紧跟在一条大鲨鱼的后面。等到发动机的噪声渐渐消失，灰黑色的汽车尾气也渐渐消散在空气中，小巷才恢复往日的宁静。小巷的居民要不是经历过喧嚣之苦，一定会难以忍受如此寂寥的清晨。比如，教民庆祝某个印度教节日，或者哪一家举办婚礼时，整个小巷会充斥着铃声和持续不断的喇叭声，每个人都被吵得心烦意乱，根本无法进行深入的思考或分析。好在他们知道这种喧闹声最多持续二十五分钟，否则真是无法忍受。

有时临近中午，会有个年轻人——一个没什么本事、也没什么上进心的年轻人，也许跟小舅家有些沾亲带故——顺道或者专程从哪个地方跑来小舅家。他那褪色的衬衫上到处是发黑的汗渍，脖子上还擦着一层白色痱子粉。

---

① 找到了（Eureka）：发现或找到某物，尤指因发现问题的答案而高兴时的用语。

他礼貌过头地问桑迪普的舅妈："姐姐，你有没有提醒姐夫帮我介绍工作？"舅妈给他递上一杯水，无奈地表示："我提醒他有什么用？他会听我的话吗？他有时间听吗？"

他轻声细语地责怪她："那你还是得提醒他呀，一遍又一遍，反复提醒他……"

他脸上带着油滑的笑容，谄媚地讨好着舅妈，五官和面部肌肉像抹了润滑油一般变化自如。他瞥了一眼桑迪普，悄悄附到阿比耳边嘀咕：

"这谁啊？"

"我表哥桑迪普。"

"桑迪普……"他小声咕哝了一声，问道，"桑迪普，你家住哪里？"

"孟买。"

"孟买……"他重复了一遍，仿佛遭到背叛一般，语气中夹杂着怀疑，同时又有一种对无法企及的东西的敬畏。"尽管有些人更喜欢加尔各答，"他停顿了一下，"但孟买是个好地方……"他又停顿了一下，补充道，"加尔各答很迷人。"随着一次次的停顿，这个坐在长沙发椅上冒汗的无业青年变得越来越渺小，桑迪普的形象则变得越来越高大，这种此消彼长的关系恰似动画片《猫和老鼠》里面的情节。

他又停下来思忖一番，然后问桑迪普：

"你踢足球吗？"仿佛终于问了一个能够一决胜负的问题。

但桑迪普回答："不踢。"

他感到有些难堪，自尊受到伤害，但竭力平复情绪，接着问：

"那你长大后想成为什么？"

这下轮到桑迪普迟疑了，最后，桑迪普犹豫道："作家。"

"作家？"

阿比连忙插上一句："他会用英文写作。"

这个年轻人顿时又矮了一截，桑迪普的形象又高大了几分，这是一部无休止、令人恐惧的动画片。

"英语？你长大了会写什么？"

"恐怖小说。"

此刻，这个人放松了不少，以一种居高临下的姿态问：

"噢，恐怖小说……你今年多大？"

"十岁。"

"有几个兄弟？"

"一个都没有。"

"一个都没有？"

两个人就这样一来一回聊了一阵，桑迪普对他很有好感，但遗憾的是，年轻人似乎不太喜欢桑迪普。

晚上，女人们会走到对着小巷子的阳台上：有穿白色纱丽的寡妇，也有抱小孩的家庭主妇。男人们则慢悠悠地回到家。桑迪普和表弟们坐在阳台上的藤条凳子上，向对面阳台张望——每家每户的阳台都各有各的特色，各有各的故事。

在巷子深处的一户人家中，穿着崭新纱丽的三姐妹倚靠在栏杆上，每个人手里拿着一把竹扇，三个人窃窃私语，捂着嘴笑。她们被称为"灰姑娘阴险丑陋的姐妹们"，但这个类比也就到此为止，因为这个家庭并没有灰姑娘。令人失望的是，这"丑陋的三姐妹"其实长得并不丑，只是年龄过了二十五岁还没有嫁出去而已，所以人们开始怀疑她们有什么生理缺陷——没有哪个漂亮的女孩子过了二十五岁还单身的。

住在小舅家对面的，是一位教师和他的妻子，他们有一个十二岁的儿子。桑迪普和表弟们并不喜欢这个男孩，因为他太过耀眼，在班上总拿第一，而且在板球比赛中，既能击球又能投球，属于那种被称为"全能型球员"的稀有物种。他父亲望子成龙，也许希望他长大后能管理大公司。在这个小巷子里，随处可见父亲们的祈祷，祈求神灵保佑他们的儿子出人头地。有的父亲曾经想当医生，所以希望儿子当医生；也有人希望儿子当工程师；还有人希望儿子远赴美国，成为著名的科学家——每个人都为了前途全力以赴。"未来"和"事业"两个词已经融入孟加拉语里，不知不觉中成为孟加拉人每天挂在嘴边的词语。

这位教师还有一个十岁的女儿，她除了学习演讲、阅读和写作外，还在学习跳舞、画画和唱歌。照这种趋势下去，等她长到二十一岁，就可以收获辉煌的人生，也许也可以管理一家大公司。每扇紧闭的窗户后面都隐藏着渴望成功的强烈欲望，就像隐藏着无法抑制的性欲一样。但成功的欲望是可悲的，也是可憎的，没有人愿意坦然面对它；同样，孩子们就像埃及奴隶般，整天拖着学习的沉重枷锁，忍受着挫折的拷打，去攀登令人艳羡，但实际上虚无缥缈的人生巅峰。

有时，小舅晚上在家，会隔着巷子，大声地朝对面教师家的女儿喊道：

"钱德丽玛，给我们跳支舞吧！"

小女孩站在阳台，双手扶着栏杆，脸搁在手背上，机敏地摇摇头，张开嘴巴，做出一个"不"的口型，并且羞涩地晃动身体。桑迪普的舅舅和舅妈便会大声喊：

"钱德丽玛，来吧，给我们跳一支吧！你知道我们喜欢看你跳舞！"

被夫妻俩连哄带骗后，钱德丽玛会在对面的阳台跳起舞来。霎时，阳台成了舞台。那双小手可以摆出各种有趣的造型，时而像一只滑稽笨拙的小鸟，时而像一个鹿头，时而又像一对若隐若现的翅膀。她会一直自顾自地唱歌，身体左右摇摆，脚踩着地板打拍子，并不在意自己跳得是否完美。桑迪普有点轻蔑地把脸别向一边，去跟表弟们聊天，但又忍不住用眼角的余光偷瞄对面那个摇摆的小身影。表演结束，小舅大声喝彩："太棒了！真是了不起！"女孩会羞涩地跑进屋去——那是一种强烈的羞涩感，但很自然，一点也不忸怩作态。不知道为什么，桑迪普也在心里为她喝彩，但嘴上却一个字没说。

人行道上的孩子们还在三三两两地做着一些常规游戏。几个女孩在玩跳房子的游戏，三个男孩坐在地上射弹珠。还有一个小孩在学走路，他小心翼翼地试探性往前迈一步，迈出了充满自信的第一步，但另一只脚却忘记迈出去，于是，这个对自己身体困惑不解的孩子软塌塌地摔倒在地上，开始号啕大哭。他的小姐姐看到他满脸泪水，还微笑着弯下身，伸出瘦弱又可爱的小手臂，把他扶起来。

桑迪普的舅妈手里端着盛满食物的托盘，走到阳台上。托盘里有几杯茶、三杯给孩子们喝的牛奶和一个小砂锅，砂锅里面装着黑乎乎的油炸果脯，圆溜溜的果脯浸泡在糖浆里面。

她把托盘放在查娅擦得干干净净的阳台地板上，缓缓躬身，屈膝坐到地板上——她觉得坐在刚擦好的地板上是最舒服的。她那鲜红色和蓝色相间的纱丽皱皱地簇拥在她周围，当她分发果脯时，双手小心地越过那一大团纱丽。如果说她的纱丽像一望无际的山峦，那她的双腿就像山坡上两条隐约若现、充满浪漫情调的幽幽小径，迷失在一望无际的山峦中。

　　之后，他们进了屋，桑迪普发现舅舅跟一个朋友坐在餐桌前，热火朝天地聊着什么，还使劲用拳头捶打桌面。桌上两个破旧的砂锅被震得哐当作响——桌子既可以用来吃饭，又可以用来敲打，发出砰砰声（一种击鼓声，表示当时的谈话内容很重要）。这张桌子年代久远，早已老化；上面满是茶水、肉汁以及脏兮兮的手指留下的污渍印迹，日积月累，重重叠叠，像无数印在上面的签名一般。尽管如此，桌子表面依然擦拭得纤尘不染。每天下午和晚上，萨拉斯瓦蒂都会用一块湿抹布擦桌子，抹布看似很脏，但实际上很干净，就像蒙冤受屈的犯人的灵魂一样，那么清白、干净。

　　桑迪普的舅妈在厨房里将黑色的果酱弄到盘子里。每年五月份，大概在这个时节，像葡萄或浆果一样晶莹透亮的暗黑色果酱就会上市，进入加尔各答的千家万户。舅妈把果酱放在一个小盘子里，加上芥子油和白糖，用盖子盖好，双手紧紧抓住盘子，表情严肃，开始上上下下、猛烈地摇晃盘子。

她咬紧牙关，艰难地吐出一句话："现在，现在我们要把果酱变成浆液，让它跟芥子油和糖完全混合。"她的声音随着身体的摇晃而颤抖，听起来像收音机里一档烹饪节目中女主持人的声音。桑迪普礼貌地问舅妈，是否可以让他摇下盘子。得到舅妈的允许后，他抓住盘子，使劲摇晃，面部表情变得有些狰狞——他对果酱没有怜悯，也谈不上克制。舅妈、桑迪普、阿比，甚至巴布拉，一个个轮流摇晃盘子。从他们握住盘子的那一刻起，就放下斯文的一面，彻底释放自我，像即将看到幻象的先知或突然发作的癫痫病人一样，任凭身体剧烈摇晃。最后，果酱变成略带紫色、柔软湿黏的浆液，气味醇香浓烈，味道绝佳。

舅妈用碗盛好浆液，端给小舅和他的朋友。两个男人吃下肥厚、松软的果肉，吸干厚厚果核上的汁水，再将果核吐到一个浅盘里。桑迪普也随意地坐到桌前，他喜欢听舅舅谈生意——虽然舅舅做的是小本买卖，但他的账目却像悬疑小说、神话或童话故事一样扑朔迷离，里面有形形色色的人物——骗子、久经世故的花心男人、行为克制的道德家、聪明的策略家、英勇无畏的战士、冒险家以及探险家……这一切慢慢印刻在桑迪普的想象中，每一桩生意听起来都像新一轮的军事进攻，每一个产品都像前所未有的高端武器，能够征服一个无名的兵工厂，甚至征服整个世界。与其说桑迪普相信他们说的每一句话，不如说桑迪普是相信他们说话的语气，而非话语本身——因为他们说话的语气极其自信，有一种笃定的自信。但其他的大人似乎对小舅的能力有点冷嘲热讽，在桑迪普看来，这简直不可饶恕。他们经常说些诸如此类的话："阿宁德根本没有经商头脑。如果他安心做一样适合他的工作，可能会过得更好……"

但孩子们却极其信任他。阿比告诉桑迪普，爸爸工厂里最近生产的农用机器可以从田里收割稻谷，把谷壳分离出来，然后把大米装袋捆扎好。

阿比一脸严肃地说："全世界只有一台这样的机器。"桑迪普也同样一脸严肃地点点头，心里很想了解一下这台堪称"天才杰作"的神奇机器。这台了不起的机器会让所有大人惊讶得说不出话吗？他们会妒忌吗？尽管人们对小舅已下定论，但他还是过着让人无法预测的生活。在学生时代，他就相信自己是一位共产主义者，并且满怀激情、郑重其事地规划好自己在未来革命中要担当的角色。可是，历史将一切安排得妥妥当当，人们不会用方形钉子去钉圆孔，也不会用圆形钉子去钉方孔，他所设想的未来革命并未出现，于是他开始认定自己是个商人，用自己全部的积蓄跟几个朋友合伙开了间小公司。他仍然激情澎湃，用曾经筹划革命的热情筹划新的公司和业务。当他对自己的能力有所怀疑时，朋友们就会说服他打消疑虑，他非常认同一点：自信的人具有强大的气场和风度。有时，这似乎又是一场精彩的"伪装"游戏，并不真实，也不危险，跟每天下午桑迪普和阿比两人玩的游戏差不多——五十万、一百万、二百万，期望赚到的数字只是凭空增大或缩小而已，后面的零可以无限增加，但随后又像气球一样爆炸、消散，巨额利润就这样在数字的驰骋想象中化为乌有……

第二天下午，天气酷热难耐，太阳逼近地球，时间似乎永远定格在中午。大家一个个无精打采，只得拼命洗澡来解乏。孩子们打完水仗，弄得浑身湿漉漉的，然后坐在快速旋转的电扇下面，精心梳理过的蓝黑色头发泛着光泽。

此时，大舅按响门铃。他是桑迪普妈妈的大哥，单身独居，住在离小舅家不远的地方——坐公交大概需要二十分钟。他已经退休领养老金了，闲来无事时总爱撑着一把黑伞，走遍加尔各答的大街小巷，黑伞在他周围投下一片阴影。此刻，他扶着栏杆，缓慢地登上楼梯，伞下的阴影和栏杆的凉意让他十分享受。石头楼梯似乎尽情释放着冷气，就像外面的马路尽情释放令人战栗和萎靡不振的热气一样。大舅一进房间，便小心地收起黑伞，大声喊道："萨拉斯瓦蒂，给我端杯冷水来。"

然后转过身，对孩子们说："我现在才真正感受到北回归线穿过了加尔各答。"

桑迪普问："大舅，这是真的吗？是真的吗？"

大舅迫不及待地回答："千真万确。"随即把杯子里的冷水一饮而尽，中间没有停下来喘气或思考。他喝水的时候，喉咙里发出一种奇怪的咕咚声，喉结上下移动。整个杯子蒙着一层冰冷的水汽，一滴清冽的水珠从杯口流向杯底。桑迪普用手指摩挲杯子，再把水珠的湿气涂抹到额头和脖子上。

"哈哈。"桑迪普和大舅不约而同地笑起来。

他们关上所有的窗户，拉下百叶窗帘，让房间变成一个密闭的大盒子，里面阴暗、凉爽又宽敞。他们就像住在这个阴暗盒子里的小昆虫，通过一些肉眼看不见的孔洞呼吸外面的空气。如果停电，他们就一边沉思，一边用报纸或竹扇给自己扇风。由于地板是用石板铺的，就像一块巨大的不会融化的暖冰，自有一番凉意，所以孩子们索性直接躺或坐在地板上。桑迪普的舅妈和妈妈躺在床上，嘀嘀咕咕地闲聊。每次她们一翻身，手镯就会发出窸窸窣窣的声音。来电时，风扇又全速运转，静悄悄的房间又充满细微轻柔的嗡嗡声。大舅远远地坐在房间另一头的凳子上，在一盏灯下看书。奇怪的是，那盏灯白天的时候并不太亮，所以尽管开着灯，房间里还是很昏暗，仿佛灯里面藏着无尽的黑夜。

有时，桑迪普和阿比会静静地走到窗边，将一扇百叶窗半推开，让微风吹进房间。然后，他们透过百叶窗的缝隙往外看，就像透过邮箱上狭窄的缝隙往里偷看一样，他们的眼前顿时一片漆黑，外面的一切让他们感到无比眩晕。一些忍受着太阳炙烤的人像幸存者般在路上行走着。偶尔，阿比和桑迪普会冲着路上那些被晒得头昏眼花的行人大喊"喂，傻瓜"或者"胖子，走快一点"，喊完立即关上窗户，让行人看不到他们。接着，他们一阵爆笑，笑得喘不过气来，他们觉得自己有一种危险的力量，可以把外面的世界搅得天翻地覆，又可以像幽灵一样躲得无影无踪，谁也不能奈何他们。室外的酷热和室内的凉爽使他们产生一种不被侵犯的安全感，同时也感受到内心有一种想侵犯他人的冲动。

有一两次，桑迪普会想起孟买，不知为什么，会突然产生莫名的伤感。当他一个人待在位于二十三层的大公寓里时，会感到自己像看守伊甸园的亚当，统领着飞鸟虫鱼；他身处最显耀的位置，却感到无所适从。他痛恨这个位置，希望自己像家蝇那样籍籍无名，不受关注。在学校，他变成被驱除的亚当，身边围绕的尽是一些跟他性情不合、话不投机和小肚鸡肠、心胸狭窄的人。但是在这里，在小舅家，他可以随心所欲地选择什么时候活跃张扬，什么时候收敛隐退。在这里，他拥有自由。

在时而快乐、时而忧伤的日子里，每当桑迪普感到心神不宁时，脑子里就会冒出这样一连串的想法："我希望这是假期的第一天，我刚刚放学回家，刚刚走进自己的房间，刚刚听说我们要去加尔各答……"他的思绪会回到自己设想的那一刻，虽然那一刻从未按照他想象中的样子出现过，但他仍在心里细细回味。

为了让心情重归安宁，他会透过百叶窗再往外看一眼。一个卖贝尔普里①的小贩从门前经过，头上稳稳地顶着一篮贝尔普里——那样子感觉非常新颖时髦，就像戴着一顶马来西亚软呢帽一样——他的手臂则紧紧夹着篮子的支撑杆。接着，卖钥匙的人经过，手里拿着一个大金属环，金属环在阳光的照射下熠熠发光，环上串着一大把钥匙，钥匙相互碰撞，吮当作响。这时，小贩高声吆喝道："贝尔普里！"卖钥匙的人一声不吭，只是摇摇手中的金属环，让吮当作响的钥匙为自己代言。他越走越远，最后像热气蒸发了一样，了无踪影，但仍然听得见那

---

① 贝尔普里（bhelpuri）：一种印度风味小吃，用泡米、蔬菜和味道浓烈的罗望子调味汁制作而成，此处为音译。

些钥匙发出奇怪的金属碰撞声，那声音虚无缥缈，如幽灵般
恐怖。

5

清晨，耀眼的阳光射进窗户，桑迪普一觉醒来，听见远处传来模糊的喊叫声。他揉揉眼睛，跪在枕头上，从床上跳到窗户边。两个表弟已经耐心而专注地站在那里观望。原来是他们的父亲，他又像往常那样迟到了。此时，他正坐在那辆老掉牙的"大使"牌汽车的驾驶室里，一只手随意地耷拉在车窗外，一只手握着方向盘，眼睛正在疑惑地往后扫，仿佛在检查某个别人看不到的重要部件。几个闲散的男人围在车子边。

小舅没有扭过头去，而是热切地看着一个快要接近的私人地标，并下达指令："好了，兄弟们，开始推吧。"

没想到这几个平常游手好闲的人突然变得意志坚决、干劲冲天起来，仿佛身体某处的闸门被打开，积蓄已久的能量喷薄而出。他们就像一个训练有素的小营队，各就各位：两个站在车窗边；两个站在车尾；另外一个作为替补队员，留守后方，为推车的四个人呐喊助威——这也是必不可少的工作。后来听小舅说，这个小分队奋力向前推，小车开始拒不配合，但在经历了一阵熄火顽抗后，终于重新启动，在路上挪动了好几英尺。此时，人们早已站在自家阳台上，既同情又好奇地关注着小车的动静。小车艰难前行，他们的目光也随之移动，嘴里还时不时评论几句，但并非信口胡说，而是经过认真思索的；头天晚上吵过架的夫妻，此时也分外和谐，一同兴致勃勃地欣赏着难得一见的奇观；即便是意见向来不合的兄弟，也暂时在车况问题上达成一致；就连那些咿呀学语的孩子，看到汽车像个喘着粗气的病人，走两步，停一步，也惊得目瞪口呆，甚至第一次开口说起了话，这着实令妈妈们欣喜不已。

桑迪普和表弟们目不转睛地往外看，房间里安静得让人感到窒息。三个男孩齐刷刷地把头转向一边，就连倾斜的角度也完全一致。当闹情绪的小车终于驶离他们的视线时，他们不顾脖子酸痛，继续伸长脖子等待着。小车消失后，他们有些忧虑不安，先是沉默不语，继而轻声抱怨，但当看到小车又从马路的另一边开回来时，不禁兴高采烈起来。

小舅为推车的人鼓劲，喊道："兄弟们，加油！加油！"

他看上去既英勇豪迈，又镇定自若，完全掌控着混乱的局面。桑迪普的舅妈站在一楼游廊上看了一阵，便悄悄进屋去了。在屋里，她还是有点不放心，眼睛不由自主地往外瞟，随后赶紧蒙住眼睛，转过脸去。

她小声咕哝："我们为什么不能继续坐马车呢？"

这时，小舅又消失在视线之外了。桑迪普费力地想把头从窗棂之间的缝隙钻出去看，但没有成功。他听见远处突然骚动起来，人群中响起一阵持久的欢呼声，将气氛推向高潮，就好像一场无聊的音乐剧谢幕时，观众发出阵阵赞美声，且声音一浪高过一浪——原来是发动机恢复了动力。五个人满头大汗地走回来，边走边高声又急促地谈论着刚才的情景，炫耀着自己的功劳，在人群中出尽了风头。

他们喊道："嫂子！嫂子！"

桑迪普的舅妈迟疑地走近窗台，应声问道："什么事？"

那个替补队员高声回答："我们终于把大哥送走了！车子没问题！"他天生有副好嗓子，所以几个人当中，就数他喊得最多，喊得最响。

舅妈点了点头，微微一笑。她心里清楚得很，早上发生这种状况，已是司空见惯的事，这辆报废的老爷车已经变成一头负隅顽抗的野兽，一种加尔各答人从未驯服过的野兽。也许，回到骑马或者坐马车的时代更为明智。如果碰上像今天这样糟糕的日子。例如：停电，风扇转动不了；电缆发生故障，电话接通不了；没有电，水抽不上来，水龙头出不了水；随便什么原因导致汽车发动机启动不了；等等。还不如重归以前那种原始而质朴的生活方式，去买一匹马、一副犁，在后院挖一口井，种一些树，培植一些水果和蔬菜，过自给自足的生活。加尔各答的这片土地，尽管遭受工业化的腐蚀，但仍属于孟加拉邦最原始的红土地貌，孟加拉仍是泰戈尔和四处游历的毗湿奴派信徒诗人笔下所描述的样子——一个使用牛车和瓦灯的国度。这个国度曾经假装呈现出另一派繁荣的景象，但如今，它正走向衰落，即将回到最初的黑暗当中。那时，人们将忘记电的存在，瓦灯将重新照亮千家万户。

二楼（顶层）有两个房间。其中一间大的，向着马路。桑迪普和两个表弟就是在这里，夜晚入睡，早上醒来；也是在这里，不懈地写作，虚构着探险和冒险故事，并把自己写进故事中。房间里有一大一小两张床，他们每天睡在床上，浮想联翩，想象自己在茫茫大海上航行，前往一个虚无之乡——高高的衣柜变成海面上突起的丑陋礁石，到了夜晚，又在海面上投下长长的矩形阴影。在房间另一头，有一面镜子和一个梳妆台：镜子把房间的全貌照进去，产生一种空间拓展的效果；镜子旁边有一个木制衣架，架子顶部有几根平行的单杠——大家会以为这种单杠只会出现在体育馆里，但这里却出现了，它被称为"挂衣架"。各式各样的衣服都挂在衣架的横杠上，挂衣架后面趴着一只蜥蜴。

另一个房间向着后院，从这里可以看到后院的几棵椰子树、外面的操场和教授家的房子。这个房间比第一个房间小得多，只放了一张双人床。靠窗的地方有一张笨重的书桌，上面放着阿比的课本和金属文具盒，文具盒里装着铅笔、尺子和橡皮擦。但不管是谁坐在这张书桌前学习，端起书本最多只能看一页，因为只要打开窗户，伸出手臂，就能触摸到椰子树。椰子树上挂满像珠宝一样的椰子，这些椰子使宽阔的扇尾叶保持着平衡。椰子树后面是教授家，他家有两个相处并不融洽的女儿、一只公鸡、一条看起来训练有素的小狗、一只冷漠的猫，还有一个儿子。教授的儿子早上会做健身运动，动作复杂，让人眼花缭乱，羡慕不已。总之，你会忍不住往窗外看。

这个房间的一角还隐藏着另一个小房间，不过要往上走三个台阶，才能进到里面。它是隐匿在一个世界里面的另一个世界，实际上，比起外面这个将它包围的稀疏世界，它显得更拥挤。倘若你坐在书桌前，那它正好在你左边。它是一个祈祷室，里面供奉着各路神灵，或斜躺，或端坐，姿态各异。其中有克利希那神 ①，手拿长笛，头戴孔雀羽毛，脸上带着柔媚的

---

① 克利希那神（Krishna）：印度教的神祇。又称"吉栗瑟拏"，亦称"黑天"，是毗湿奴神诸多化身中最得人缘的神祇。

笑容；妙音天女萨拉斯瓦蒂①端坐在天鹅坐骑上，聚精会神地弹奏着七弦琴；吉祥天女拉克希米②跟她的吉祥物——白色猫头鹰——相依相伴；还有一个地方供奉着象头神甘尼许③，他的象头极富喜感，携带的吉祥物是一只巨型啮齿动物；母神杜尔迦④被供奉在最为显眼的位置，她独立而优雅，坐骑是凶猛的狮子。在诸神当中，桑迪普最喜欢克利希那神，因为克利希那神似乎对自己的外表相当自信。

桑迪普的舅妈洗完澡，没穿衬衣，只裹了件纱丽出来，所以双肩裸露在外，肩上仍然带着湿气，闪着亮光。她去参拜神灵之前，一定要先沐浴更衣，再在头发上隆重地抹上木槿花油，让乌黑的头发在阳光下反光，仿佛变成银白色。木槿花油气味甘甜，颜色暗红，口感醇厚，如葡萄酒一般。

她走进祈祷室，点上两支香，插在有孔的黄铜香炉上，两支立在那里，像两根细长的铅笔。她还用三个黄铜盘子装

---

① 萨拉斯瓦蒂（Saraswati）：妙音天女，印度教创世者梵天的妻子，也叫"辩才天女"，是从梵天身体里诞生出来的女神。

② 拉克希米（Lakshmi）：印度教女神，也是维护之神毗湿奴的妻子，是吉祥、财富和社会繁荣的象征，所以也叫"财富女神"。

③ 甘尼许（Ganesh）：印度教中象头人身的预言神。

④ 杜尔迦（Durga）：又称"难近母"，是印度教神话中所传湿婆的妻子雪山女神的多种形象之一，主司女性的力量。

一些黄瓜片、橘子还有香甜的巴塔沙①，放在神灵前面。她说，神灵们太饿了，需要补充营养。桑迪普听完笑了笑，礼貌中带有一丝轻蔑。他执拗地问舅妈："神灵什么时候吃东西？"舅妈坐在地板上铺的席子上，语无伦次地咕哝着什么，不是回答桑迪普的问题，而是自顾自地反复念咒语。

　　舅妈有时念祷告的经文咒语，有时念冗长的歌颂神灵功绩的咒语，有时念的是某个神灵智取魔鬼，有时念的咒语又让魔鬼的姐妹无地自容。舅妈有时还念一段神灵婚礼的描述语——比如哪个神灵如何赢得凡间女子的爱情，或者凡人国王如何持之以恒地向哪位女神求婚，最后终于打动女神芳心等。这些神灵没有责任心，互相妒忌，时而做些愚蠢又微不足道的事情，时而又做些愚蠢但轰轰烈烈的事情，跟桑迪普和表弟们差不多。

　　桑迪普不信上帝，更不信神灵，跟大多数孩子一样，反对愚昧无知。他对其他教义持怀疑态度，但能容忍。他喜欢拜神，但跟信不信神无关，之所以喜欢拜神，也许是因为喜欢檀香的气味，喜欢舅妈念咒语时的喃喃声，喜欢拜神仪式结束时的响铃声，喜欢从藏在小橱柜里的瓶子里拿出来的像清洗过的

----

① 巴塔沙（batasha）：孟加拉当地非常受欢迎的美食，也称"寺庙食物"，用白糖和印度粗糖制作而成，白色，有光泽，小圆饼状，此处为音译。

鹅卵石一样洁净的巴塔沙，喜欢祷告过后分发给大家食用的供品那清凉的味道，喜欢这样一个事实——庄严的祷告结束后，神灵通常并不会显灵。他还喜欢看舅妈在这个袖珍型的房间里被众多神灵围绕的场景，就像一个置身于一屋子玩具间的小孩在熟练地吹着贝壳。看一个成年人像孩子般地玩耍，会觉得很怪异，但是成年人做祷告，就像重返童年时代。

大家围坐在餐桌吃午饭时，桑迪普问舅妈：

"舅妈，你今天祈祷什么？"

舅妈一边剔除一根和鱼肉紧密相连的小鱼刺，一边回答：

"哦，我祈祷每天早上车子能正常发动。"

阿比扯着嗓子问："你为什么不祈祷我们有一辆新车呢？"他的声音里流露出失望，以致音调不稳。

他们继续埋头吃饭，每个人都仔细查看鱼肉，寻找鱼刺，尤其是小得不能再小的鱼刺。巴布拉张着嘴，接他妈妈喂的小饭团，饭团里面有鱼肉和米饭。你在祈祷室祈祷什么其实并不重要，重要的是当下实实在在的快乐。显然，高高在上的神灵也有怠惰的时候，会忘记回应祷告者，而祷告者其实也并不在意。对神灵和凡人来说，最重要的是为他们创造一个共处一间小密室的时刻，让他们感到充实、快乐。在那样一个秘密地、甚至不合常规地举行宗教仪式的时刻，不管是祷告的凡人，还是被祷告的神灵，都从凡尘俗世那令人厌倦的责任中解脱出来，他们眼里只有橘子、白色巴塔沙和黄瓜。

6

上午，清洁工拿着扫帚和抹布上门来打扫卫生间和浴室。他个子很高，长相丑陋，眼睛总是充血通红，表情愤怒，但实际上，他并不是易怒的人，只是外表邋遢，行动笨拙而已。他干活时动静很大，到处敲敲打打，也许这样可以舒缓紧张的神经。他通常只在月底才开口说话，每当这个时候，他会用一种半开玩笑的语气（仿佛被什么逗乐了）大声要求给他发工资。

清洁工有时会把十三岁左右的儿子一起带过来。这个男孩四年前就辍学，开始给他父亲打下手。他每次来小舅家，总是一手拎半桶水，一手拿抹布，表情复杂——既镇定自若，又迟疑不决——这让桑迪普联想到战士越过布雷区的情形。男孩名叫尼迈，有一位圣人也叫尼迈——他总是穿着橘黄色袍子，云游四方，向孟买人传经布道，宣扬爱的理念。清洁工恰好是个虔诚的宗教徒，由衷地相信爱具有无所不在的力量，所以给儿子取了这个和圣人一样的名字。

上个月最后两天，清洁工没有来打扫卫生间。一天早晨，他上门来解释原因，并把"原因"随身带来了——是个小婴儿，脸只有拳头大小，眼睛眯成皱皱的一条线。当他一只手拉了拉裹着婴儿的小布条时，婴儿的大腿和小臀部露了出来，婴儿的性别以这种诙谐又直接的方式展露无遗——是一个女婴。

他语带惊讶地说："她出生才两天。"仿佛每次想要了解她时，他都会惊诧莫解。与此同时，他的儿子尼迈正喜气洋洋地从纸箱子里拿出硬邦邦的黄色糖果分给大家。

"我们还以为她这次活不成了，太艰难了。"清洁工用温柔的语气对代词"她"进行强调，因为这个"她"是指他妻子。他咧开嘴，露出两排糟糕的牙齿，说，"感谢上帝，没出什么事。不管怎样，孩子长得像她。"说实话，婴儿的皮肤像树干那么黑。他接着说："大姐，你也许不知道，这是她第四个孩子。"听他说话的语气，仿佛孩子不是他的。

桑迪普的妈妈语气严厉地说："加内什，四个孩子够你受了。但愿你会把这孩子送去学校念书。"

"我会的！"清洁工回答，眼神里流露出坚定的责任感和油然的热情，"大姐，我会送她去一所说英语的学校！"

"不管送去说孟加拉语的学校，还是说英语的学校，如果你想养活这几个孩子，现在就不应该再要孩子。可怜的尼迈已经失去了上学的机会。"

可怜的尼迈还在分糖果，自己也吃着糖果，似乎并没有过多在意自己的处境。

接下来，大家轮流去抱小婴儿，桑迪普和两个表弟也想抱一抱，但却面临一个微妙的重量问题。《罗摩传》^①里有一段情节：来自不同国家的王子依次进入贾纳克国王的王宫，试图举起国王又大又重的弓，以迎娶善良美丽的西塔公主。最后只有拉姆一个人成功，他做了一个有力又夸张的动作，举起弓，拉动弓弦，弓弦振动，发出回响，最后崩断。桑迪普、阿比和巴布拉遗憾地发现：他们当中谁也不是拉姆，虽然竭尽全力去抱婴儿，却一点也不稳当，甚至有些危险。这表明婴儿对他们而言，重量胜过贾纳克国王的弓对拉姆而言的重量。还能怎么办呢？他们感觉很丢脸，笑容也变得羞怯，只能眼睁睁地看着婴儿从一个女人怀里转移到另一个女人怀里。后来，大家把婴儿放在双人大床上，她仰躺着等待着什么，像只孤立无助的乌龟，仰面朝天，无法抵抗，只能默默忍受，被动地等待别人施以援手。女佣萨拉斯瓦蒂和地板清洁工查娅走进房间，发现婴儿后，她们惊叫起来："婴儿！加内什的婴儿！"她们兴奋地

---

① 《罗摩传》（*Ramayana*）：印度古代梵语两大史诗之一。

伸手挤捏婴儿，婴儿像一团球似的蜷起身体，她们又像揉搓面团一样揉搓婴儿，像抛一袋棉绒一样抛起婴儿，像吹气球一样亲吻婴儿。查娅悄悄倾身，贴靠着婴儿，嘴里念着："阿布拉布拉布拉布拉……"桑迪普在一旁认真倾听，十分享受这种逗弄婴儿时发出的一连串声音，觉得它们像滑稽的咒语。这些毫无意义的词语重新创造了一个世界，这个世界由纯粹的、基本的感觉组成，这里的语言只是不成形的音节，这里如同一幅漫画——婴儿喜欢这个神奇的世界。

下午，屋子里忽冷忽热，忽明忽暗，让人恹恹欲睡。桑迪普的妈妈和舅妈本来在看杂志，却不知不觉中睡着了，杂志还翻开着，盖在她们脸上——一本翻到食谱那页，还有一本翻到一个暗恋故事的那页。她们每呼一次气，翻开的杂志就像翅膀一样振动一下。桑迪普妈妈的手里还拿着一个小晶体管收音机，收音机也随着里面的音乐在奇怪地振动，从远处看，收音机就像一本正在唱歌的书。此时，萨拉斯瓦蒂正在阳台上洗衣服，不时地在地板上捶打衣服。捶打衣服时发出沉闷的重击声，听起来像心跳的声音。

几个男孩难得有无精打采的时刻，正懒洋洋地坐在窗户边看鸽子。鸽子的眼睛红红的，墨紫色的脖子上有一圈如彩虹般的羽毛，此刻正在栏杆上，警惕地走来走去。它们只关心两件事：交配和排泄。当然，它们也对人类生活做出审美方面的贡献，其中最大的贡献就是向人类展示它们如何用一种复杂的方式把粪便排泄到栏杆上，让粪便看起来像石头上拼接式或者抽象式的图形。

此时，一只鸽子正以欺负周围其他鸽子为乐，它时而故作愤怒地转圈，时而像小镇上富有的商人一样昂首阔步地来回走动，不停地点着让人厌恶的小头颅，美丽的喉咙发出响亮的咯咯声。它摆出一副威严的气派，却引起其他鸽子的反感。起初，其他鸽子只是礼貌性地无视它，但后来，终于有只鸽子奋起反抗，啄它的头，教训它。它可不喜欢被教训，于是一场打斗在所难免，吵闹声大作。鸽子的翅膀进入"拍打，再次拍打"的循环模式，但桑迪普的妈妈在这种吵闹模式下，睡得更加深沉——还在睡梦中发出舒适惬意的鼾声。打斗进行到一半，其中一只鸽子仓皇飞走，另一只留在原地，梳理蓬乱的羽毛，之后，也飞走了。它们的同伴们愣头愣脑的，似乎根本没有注意到刚才激烈的打斗。

在栏杆的另一边，当其他鸽子还在幻想交配的美妙时，已经有两只鸽子开始以一种痛苦的方式接吻了：它们的喙紧锁在一起，同时头部上下移动，好像在竭力从这个神秘的锁中解脱出来。这是一种奇特的激情，也是鸟类拥抱或者接近拥抱的唯一方式——以一种滑稽可笑又备受折磨的方式锁住对方的喙。最后,雄鸽爬到雌鸽的背部,心不在焉地振动翅膀。雌鸽以一种悲观厌世的姿态弯下头,等待解脱。

巴布拉注意到这个有趣的场景跟刚才的打斗有微妙的差别,问:"它们在做什么?"

桑迪普也不知道。

但他说:"我认为它们在打架。"虽然他觉得自己的知识比别人更渊博,但此时此刻,他对自己的看法也没有把握。

阿比问:"如果它们是在打架,那为什么另一只不反抗?"

桑迪普回答:"因为它输了,它知道自己被打败了。"

从恋爱到情浓,再到新婚的喜悦与争吵,整个壮观的场景维持了大概十分钟。显然,上帝创造这些鸽子,只是为了在潮湿、无聊的午后,逗这几个慵懒的男孩开心,或许也是为了自娱自乐。

第二天早上,桑迪普的舅妈和妈妈出去购物。她们一大早就洗了澡,穿上轻盈的纱丽,戴上特大号的护目镜,以免阳光照得她们头脑发昏。她们痴迷于购物带来的莫名喜悦,这种短暂的欲望起初会让她们精神抖擞,但之后会让她们精疲力竭。

舅妈每天中午例行的祷告不得不推迟——神灵对是否准时并不讲究,毕竟他们掌控着"永恒"。几个无所事事的男孩跟着他们的母亲一起出门，乘坐一辆出租车去加里亚赫特的蔬菜市场。车子似乎快要散架：唯一能支撑起车子，让它不至于倒地变成一堆废铁的，是各个部件接口处累积的厚厚的灰尘、油脂、污垢和铁锈。司机是一个锡克教教徒，他把祖师那纳克的照片贴在方向盘旁边，照片中，祖师的头部围着一圈像太阳般的光环；当他扭头观察路况时，祖师正好凝视着他。在仪表盘的下面，有一处地方涂着黑漆，上面画了几朵花，现在花已经褪色发黄；除了花，还印有几个白字，是一家银行的名字，当初车主正是从这家慈善的银行获得贷款，才买下这辆车。

这个锡克教教徒用孟加拉语礼貌地跟舅妈和妈妈交谈，但他说话时带有明显的印度斯坦口音，并且使用了印度斯坦语的语法规则，这使他的表达显得更加礼貌，也更加诙谐生动。孟加拉语的语音柔和、圆润，而这种用法给孟加拉语增添了一种男性的阳刚和坦诚，甚至使孟加拉语多了洋葱和煎饼的味道。桑迪普的舅妈和妈妈受宠若惊，深受感动，像天真烂漫的小女生一样咯咯地笑个不停。

这个男人的话特别多，断断续续地聊着加尔各答的方方面面，简直口若悬河。他十五年前就来到这里，那时他很年轻。他说他第一次见到加尔各答，是在一个名叫"诗人悲歌"的电影里，电影描述了码头场景，展现了胡格利河上的驳船。胡格利河是他最喜欢的河流，他再也不想回到家乡旁遮普省，但他说到加尔各答时，语气中既有厌恶，又有敬畏。加尔各答这座城市以及多年前的那部黑白电影给他留下的对这座城市的印象，都在不知不觉中深深地吸引他。

在蔬菜市场下车后，他们走进一个具有迷惑性的简易入口，发现自己突然航行在一片蔬菜的汪洋大海上：市场里分布着一排排高出地面的摊位，顾客带着挑剔的眼光穿梭于摊位之间的过道上；商贩坐在摊位前，滔滔不绝地向顾客介绍自己的蔬菜，用甜言蜜语哄骗、劝诱顾客购买；地上还散落着沾有泥污的卷心菜叶子，引来一些小猫啃食。摊贩后面的墙上钉着神像，有些是从日历上剪下来的，有些则是廉价的复印件。神像前焚着香，菜场的各个角落都飘荡着一股超凡脱俗的檀香气味。神像旁边贴着电影明星和板球球员光滑可鉴的巨幅照片和宣传海报——这样，墙上既有神灵，又有凡人。这里看不到空白的地方，不管你的眼睛瞥向何处，都能看到东西：不是水果、蔬菜、菜篮子、小狗，就是神像或者其他东西。一些招人讨厌的肥胖女人像立柱般固执地挡在路上，不肯挪动一步——她们在跟商贩讨价还价。你可以远远地观察顾客和商贩之间的讨价还价：他们像审判日中两个虔诚、笃定的传教士一样，一

个是伊斯兰教毛拉 ①，一个是基督教牧师，两人不厌其烦反复
说教，试图说服对方皈依自己的宗教。市场上空回荡着人们的
询问和应答声。狡猾的顾客伸手检测茄子是否新鲜，表皮是否
光滑，看茄子的深紫色是否均匀。整个市场总是重复着一句十
分肯定的话，就像咒语般反复响起："是的，先生，它们很新
鲜。没有任何问题，非常新鲜。兄弟，你自己摸摸看，真的非
常新鲜……"

　　商贩的孩子们把摊位之间的空当变成游乐场，在那里玩
捉迷藏和失物招领的游戏。桑迪普在一旁观看，他看见两个男
孩把一个干枯的老洋葱当作足球来踢，捡人家扔掉的棕色纸袋
当作面具。在离他们不远的地方，一个十二三岁的小姑娘独自
坐在一堆棕褐色的土豆后面。她的裙子脏兮兮的，脸上也不干
净；显然，她并不是在卖土豆——其实跟卖土豆毫无关系——
但她就坐在那里，眼睛斜视，这一点让她看上去有点精神错
乱。商贩和孩子们都无视她的存在，疏远她，但她仍然心满意
足地一个人吃着生的花椰菜，连花带茎、带叶全都吃，直到后
来发觉桑迪普在看她，才觉得有点难为情，但还是肆无忌惮地
又吃了几片。桑迪普认为自己爱上了她。后来，妈妈和舅妈买

----

① 毛拉（mullah/Mawla）：伊斯兰国家对人的一种敬称，也是伊斯兰教职的一
种称谓。

完东西，准备离开的时候，他又看了她一眼，结果发现她也在
看他。桑迪普不确定她是否在看自己，因为她的眼睛总是斜
视，很难确定她究竟看谁。但不管怎样，其中一只眼睛是在看
他，另一只在看其他东西。

7

星期天，加尔各答的街道冷冷清清，空无一人。商店和写字楼不营业，门窗紧闭，显得有几分神秘，甚至多了几分魅力。这些门窗破旧不堪，但依然平稳，写着"达塔兄弟店""辛格父子店"等字样的大招牌反射着耀眼的光芒。屋子里回荡着熟悉的声音。小舅今天在家，还有姨婆和大舅也打算今天待在这里。小舅、舅妈、妈妈、姨婆还有大舅，个个说话都是大嗓门，从不会有片刻的理智和冷静，所以，如果你在远处无意中听到他们说话，会误以为他们在为独自继承某块土地而激烈争吵。实际上，他们只是不停地争论（至于争论什么，连他们自己也不知道），偶尔也会兴高采烈地达成一致，但并不表露出来，只在心里暗暗跟其他人说"的确如此"。

不管是在印度，还是在世界的其他地方，聊天的话题总离不开亲戚，离不开钱和生活费。小舅的生意时好时坏，像他的破车一样不稳定——他的车实在靠不住，每次都要人推一阵才能发动——他喋喋不休地抱怨：市场上对这个产品没需求，对那个产品没需求；这个供应商让他失望；那个合伙人无耻又懒惰；时机不成熟……总之，钱不够用。舅妈说："今天，我左掌心发痒，我的神啊，神啊！我猜，这是否预示着我今天还得花钱买点什么，我是这么猜的……"舅妈相信，如果右手发痒，就表示会挣到钱，但她的右手很少发痒，即便真的发痒，也很少挣到钱。因此，也有人不信这一套。

话题又从"钱"转移到"比我们更需要钱的人"。这些人往往是穷亲戚，或者更确切地说，是更穷的亲戚，如老人和寡妇、因儿子太年幼而无法出去挣钱的人或者本身不愿意为一点小钱而出去工作的人。其中，最后一种情况在男人当中更为常见——不去工作，只是凭空想象怎样去谋生，为自己游手好闲的生活寻找体面的借口，还认为这种做法很有男子汉气魄。尽管他们经常保证，他们不会靠别人来接济和供养，但实际上他们又不得不靠。在回应这个问题的时候，他们会带几分真诚地说，他们确实要依靠别人生存，他们怎么会忘记这一点呢？但是，他们之所以能够被接济和供养，不一定是因为他们值得别人这么做，而是因为钱总是从一个家庭成员手中流到另一个手中。

他们聊这类话题时，总爱引用各种暗喻、悖论、笑话和回忆录，所以不管坐在餐桌前聊，还是躺在床上聊，这种话题都不会让人感到无聊和压抑，它其实是对生活的一种批判主义。聊天有时会毫无征兆地中断，桑迪普的妈妈和舅妈便会趁机低声谈论纱丽的颜色，仿佛在密谋什么。偶尔还会有那么一瞬间，大家突然停下来，也许是为了思考。每个人思考的问题都不一样，屋子里出奇地安静，只能听见屋外的乌鸦叫声。与此同时，孩子们沉浸在自己的事情当中，一个在窗前摇摇晃晃，一个俯卧在床上看连环漫画，还有一个坐在地上，好像在听什么，但又什么也没听懂。大人们继续高谈阔论，就像二十世纪初期孟加拉某个落后村庄里的演员一样——那个村子似乎被外界遗忘了，依然保留着原始状态，没有麦克风，也没有电，所以演员表演节目时必须扯着嗓子夸张地吼叫，才能让全村村民听清台词，并给予掌声。你可以想象桑迪普的大舅、小舅、舅妈和姨婆穿上民间艺人的隆重戏服，配合着他们富有戏剧性的夸张手势。但现实中，舅舅们只穿着白色睡袍，女人们只是裹着手工编织的褪色棉质纱丽——即使谈得热火朝天，她们的身体也能感觉到凉意。

　　白天的某个时候，也许不算早，也不算晚，小舅会像平时一样，拿一碗水和其他工具到阳台，把东西放在椅子上，坐在凳子上刮胡子——这是星期天里一种头脑简单的娱乐方式，也是一种自我放纵的方式——想什么时候刮就什么时候刮，想刮多久就刮多久。孩子们在一旁的观看让他相信：清晨的胡楂是神奇的东西，剃须刀是神圣的工具，甚至把水洒到脸上，也是意义深远的行为。当小舅抬起头，目光从镜子上移开时，会感觉到周围街道的宁静，感受到属于鸽子和乌鸦的广阔又持久的天地，感受到流浪者、乞丐和商贩永无尽头的四处飘零，同时感受到阳光的和煦和脸颊上刷子的清凉。男孩们团团围坐，观看他的一举一动，正如加尔各答人在上班途中，驻足观看人行道上的杂技或耍猴表演一样。每个孩子心里都怀着好奇与嫉妒，目光随着小舅转动，只见小舅专注地把剃须霜抹在刷子上，挥舞手臂，嗖嗖地推着脸上白色多孔的肥皂泡，直到泡沫变得均匀，看上去既美观又美味。最后，小舅仿佛用一种原始农耕的方式，用剃须刀小心翼翼地刮掉胡须。

之后，小舅拿着烟灰缸、报纸和眼镜走进卫生间。卫生间相当于他的书房。他抽着烟，在烟雾缭绕中阅读当天的重大新闻，思索着"国际事务"和"国内事务"；他从马克思主义视角，针对"时势"发表自己武断的看法——不过是在心里发表意见。他是一个坐在抽水马桶上的思考者。

这部分的日常仪式结束后，他走进浴室，哼着小调，进行午餐前的沐浴。他一拧开不太管用的旧淋浴头，就会突然兴致高昂，开始放声歌唱。他洪亮的嗓音，像男高音一样既雄浑，又细腻。他在浴室唱歌时，音符在四面墙围成的封闭空间里震荡回响，就像一颗水晶或钻石向四面八方放射着万丈光芒。他通常只唱孟加拉三四十年前流行的老歌，歌词也记不太清楚。在孟加拉，收音机和上发条的留声机仍是新鲜、不可思议的机器，它们打破了城镇和村庄千百年来的寂静。

Godhulir chhaya pathe

Je gelo chini go tare.

翻译后的大意是：

林荫小道上，奶牛扬起漫天尘土时，

是谁从我身边走过？我感觉跟她似曾相识。

桑迪普敲了敲浴室的门，不识趣地问了一句："小舅，'godhuli'是什么意思？"

小舅仍沉浸在净化自我的幸福喜悦当中，所以很有耐心地答道："单词'go'是指奶牛，'dhuli'是指尘土。在小山村，夜幕降临时，放牛人会赶着牛群回家。牛群返回时，路上会扬起漫天尘土。'godhuli'意思就是奶牛扬起灰尘。所以这个时候应该是指傍晚。"

　　在小舅解释词的意思时，他的声音从"哗哗"流水声的后面传出来。桑迪普的大脑像放映机在放电影一样，闪现出这样一幅画面：一群慵懒、步履蹒跚的奶牛正迎面走来，它们有着大鼻孔和闪亮的眼睛；远望可以依稀辨认出放牛人朦胧的白色轮廓以及设想的小村庄（散落着一些小屋）；还有灰尘，是的，是牛蹄踩踏地面扬起的灰尘，灰尘模糊了人们的视线。头脑中画面的设定颜色是薄暮黄昏的那种红色，但又带点浅灰色。令桑迪普感到奇怪的是，"godhuli"这个单词怎能包含一个世界。此刻，小舅竟然又唱起泰戈尔的歌来了：

　　　　Bahe nirantar ananta anandadhara.

　　　　Baaje ashima nabhamajhe anaadiraba.

　　歌词大意是：

　　　　快乐是长流的溪水，永不干涸。

　　　　苍穹之下，水流潺潺声回荡不绝。

这是一首颂歌，或者说是祷告歌。桑迪普并不理解单个词语的含义，但认为这些复杂难懂词语的曲调和声音跟他之间有一种朦胧的沟通，他意识到，语言当中重复的声音可以跟浴室的水声混合，变成一种闪烁不定、不包含任何意义的声音。桑迪普分不清小舅是先洗完澡，还是先唱完歌。一首如瀑布般清凉又遥远的音乐在被创造的同时，即已毁灭，仿佛这首歌的歌词一旦唱出口，就连半秒钟都无法持续。小舅"咣咣咣"地打开门，腰和大腿部围了一条毛巾，面带微笑，走出浴室。换完衣服之后的小舅，穿着崭新的宽长裤和汗衫，走起路来慢条斯理的，看起来俨然如一个非洲部落的酋长——这个部落至今还无人发现，那里的人们过着快乐的生活。他湿湿的头发一根根立起，朝各个方向散开，整个头部像一只邋遢的黑色豪猪。浴室是他的内殿，他在那里举行最后的神圣不可侵犯的仪式，为一天的时光展现自己的歌喉，但此刻，浴室空空如也，没有音乐，只有水滴按照自己的音调和音高落到地板上的声音。每隔几秒钟，水滴就会准确地重复之前的音高，没有任何改变。

晚上大概六点钟，电灯突然熄灭——天气逐渐炎热，停电也变得越发频繁。之前，用人的两个女儿带着她们的小弟弟下楼来，害羞地坐在地板上看电视里播放的周日电影，但现在突然停电，他们感到很失望，因此不得不回家去。

桑迪普的妈妈安慰他们："我敢肯定，下个星期天一定有更好看的电影。"

其中一个头发有点脏，但手很干净的女孩朝小男孩那边点头示意了一下，说："不是我想看电影，是赛义德想看。"从电灯熄灭开始，这个小男孩就一直愣头愣脑地一脸困惑，女孩又补充了一句，"他从没看过电影。"女孩名叫鲁娜，是一个穆斯林清洁工的女儿。桑迪普看到她离开这里，心里很难过。他经常幻想有一天会娶她，所以悄悄用眼角的余光观察这个衣衫褴褛的小女孩生龙活虎、一脸欢快地跑下楼的样子，倾听她召唤弟弟妹妹跟上自己时那略带沙哑又缺乏教养的嗓音。楼梯间光线昏暗，他们之间仿佛隔着一道海湾；两分钟后，他就把这个女孩忘得一干二净。

萨拉斯瓦蒂拿了几盏提灯进房间，每一盏灯都有蛋黄色的烈焰。她弯腰点燃几根蜡烛，滴了几滴蜡油在破损的茶托上，利用蜡油的黏性将蜡烛固定在茶托上。

桑迪普附在阿比耳边问："你觉得萨拉斯瓦蒂像不像女巫？"的确，烛焰晃动的阴影落在她脸上，在她脸上不停地移转，这使她本来很普通的脸部轮廓突然变化无常，给人一种诡异的感觉，颧骨和下巴似乎随着飘忽不定的烛光流动、变幻。

阿比说："萨拉斯瓦蒂，你看起来像个女巫。"

她呵斥道:"小兔崽子,闭嘴。"

她把茶托上的蜡烛按照一定的间隔放在地板上:房间放一根,走廊放一根,楼梯附近放一根。这样看起来像庆祝节日,又像使用特殊的符号复述一个秘密流传的神话故事。阿比倾过身去,漫不经心地吹灭一根蜡烛。萨拉斯瓦蒂朝阿比怒奔过来,叫嚣着要拽住阿比的头发把他拖出房间。这时,小舅在走廊上发话:"孩子们,不许再捣乱了。走,我们出去散散步。"

于是,他们出门散步了。他们穿过漆黑狭窄的小巷——从巷子两边静悄悄的房子里飘来鱼和米饭的香味。巷子里看不到一棵树;没有起风,除了蚊子微弱、悦耳的嗡嗡声外,没有其他声响。有一次,一辆老掉牙的出租车"呼哧呼哧"地从他们身边经过。司机是想抄近道,才穿过小巷,开到大马路上去。这让人感觉像是一辆滑稽的老式汽车从二十世纪的电影里穿越到现代电影,从黑白电影穿越到彩色电影。但是,为什么这些房子似乎都在向人们暗示其背后可能隐藏着妙趣横生的故事?比如说,一栋房子的前面有扇高大雄伟、装饰考究的铁门,门口的凳子上还有一个打着盹的看门人。这种房子给人的印象是:这户人家坐拥堆积如山的金银财宝。另一栋房子只有一个小门廊和油漆过的院门,给人的印象是:这户人家不管是举办宴会还是婚礼,一定会邀请所有亲戚;来的亲戚太多,院

子里实在没有多余空间，所以其中一些亲戚，很可能是年轻
人，只能紧挨着坐在狭窄的门廊上；他们高谈阔论，争相展现
自己的口才，但其实他们的话题并不需要什么口才；他们笑语
喧哗，可为之发笑的笑话其实并不好笑。这栋房子隔壁也许住
着一位老人，坐在游廊上的安乐椅上放松筋骨，手里拿着当地
的周日报纸扇着风；或许这栋又小又破的房子里还住着一个女
孩，桑迪普透过窗户看见她坐在一间空荡荡的简陋房间里，借
着烛光在认真背书，嘴里反复默念孟加拉语法中的词语前后
缀……虽然这些房子的背后可能都会有一个故事，但这个故事
总是不尽如人意，因为故事的作者像桑迪普一样，并不是刻意
地去创作一个完美的故事，而是简单粗略地记录城市生活中一
些细枝末节或者与故事无关的东西，甚至读者最后都会忍不住
大叫："不要跑题！"故事里面缺乏重点，只简单地讲述女孩
在背语法规则，老人坐在安乐椅上拿报纸当扇子，只有简易小
门廊的房子非常拥挤；又自相矛盾地说，房子里有许多记忆和
可能性。"真实的"故事应该是开头、中间和结尾一应俱全，
但作者不会讲述这样的故事，因为它根本不存在。

　　小巷的尽头是一个分岔路口，一边通往大马路，另一边
通往两条更窄的路，沿着这两条小路可以走到一个大操场，操
场的两头立着一对柱子，应该是球门柱。他们走近之后才发现

操场上聚满了人，刚开始由于光线太暗，看不清有这么多人。他们慢慢往前走，走到月光下，越走眼前越亮，就像底片在暗室里越冲洗越清晰一样。操场上形形色色什么人都有：大学生、中学生、夫妻、失业者、家人、小商贩和三五成群的女孩子……天气太热，待在家里容易冒汗，全身湿黏，所以他们纷纷走出家门，跑到操场上享受清凉的微风。奇怪的是，操场上虽然人员众多，但一点也不吵闹。这里比较朦胧阴暗，他们说话时自然而然地压低嗓子，感觉就像坐在影院或礼堂，灯光被有意调暗，电影或戏剧即将开演。不消说，假如没有停电，或者没有天黑，那操场上一定热闹非凡，人声鼎沸，人们在这里开展各种活动。但是，黑暗会让那些紧张忙碌的男男女女变得倦怠、慵懒，甚至平静，他们有一种明显的放松感，仿佛时间渗漏，世界到了另一个空间运转。

　　小舅和男孩们准备跟操场上其他人一样，找块凉爽的草地坐下来，拔拔草，难得地放纵一下。正当这个时候，电灯突然亮了。这个瞬间极具戏剧性，就像摄影师的闪光灯一样，记录下人们当时躺卧的种种姿态、他们脸上轻松的笑容以及疑惑不解的神情。这个地方每天都停电，而每次来电时，人们都像收获意外惊喜一样兴奋不已。这真是不可理喻，仿佛人们还没有习惯停电这种稀松平常的事情。每天，停电总是在某个秘密又精确的瞬间，毫无预兆地结束，正如毫无预兆地开始一样。这样，停电就散发着一种让人困惑又激动的魅力，人们能从停电这件事里获得一种无法控制的喜悦感，尽管日复一日地停电，但人们还是感觉像第一次停电一样。也许是一种对时间的本能反应，所有的荧光灯都同时亮起来，这跟一口气吹灭生日蛋糕上的蜡烛正好相反，好像有人对着蛋糕上所有未点燃的蜡烛吹了一口气，神奇的呼吸立即把火焰带给每一根灯芯，让所有的蜡烛同时被点燃了。

　　一个星期五的晚上，舅妈和桑迪普的妈妈坐在梳妆台前，在眼皮上抹了一层眼影，嘴唇上涂了些淡淡的唇彩，沿着头发的分岔线撒了一些番红花粉，并在眉心按一个红点。她们从柜子里拿出金手镯，戴在纤细的手腕上（金子本身并没有炫目的光彩，只是在皮肤的光泽和肤色的反衬下才显得耀眼），穿上做工考究、闪闪发光的纱丽，就像裹着润喉糖的闪光包装纸一样。她们在镜子前照一照，又互相端详一下，露出满意又模棱两可的表情。有时，她们还会弯下腰去，帮对方整理头发。正如睡莲浮于水面，她们则浮于外表。她们在身上轻轻地涂抹香水——每一滴气味浓郁的香水都如谣言一般，迅速弥散到整个房间，再弥散到整栋房子。如果她们到过那里，你一定可以从她们留下的香味判断出来她们似乎变成两个古怪的生物，而房子也变成了一片古怪的森林。

　　她们准备去看望亲戚——一对老夫妇，住在加尔各答最

南端，在出城的马路附近，离小舅家很远。她们只是简单地去
拜访两个简单的人，却要大费周章地打扮自己，实在叫人难以
理解，除非她们只是把看望亲戚当作对自己奉献激情的借口或
理由——在这里，奉献的含义是：遵循远古的传统，涂上眼影
和番红花粉，用上其他古老的化妆品或化妆术，如檀香膏、手
绘文身 ① 等。这些东西更多地属于复杂而系统的古老仪式，而
非现代社会的时髦装扮。实际上，女人们的化妆（化妆相当于
创造一个崭新的自我）也需要技艺，这让人联想起孟加拉的工
匠，他们在节日的前一天对自己创作的雕像精心地做最后的装
饰和收尾工作。她们挑剔地看着镜子里的自己，带着一种超然
的审美情趣评价自己的脸和手，仿佛那是别人的脸和手正在等
待她们去修饰，以完成从朴素到完美的华丽蜕变，让它们达到
女性的审美标准。两个女人从内心深处也知道，如果她们不盛
装打扮，那一对住在郊外昏暗房子里的老夫妇一定会深感失
望。对他们来说，年轻一辈的亲戚打扮隆重地来登门，也是一
种娱乐的方式，够他们谈论好几天，也能让他们平静的小日子
增添一些愉快的消遣。老太太也许会用手指摩挲她们的纱丽，

① 手绘文身（mehndi）：印度民间艺术，是用天然植物指甲花的叶或幼苗磨成
的糊状颜料在手掌、手背及脚上绘图。除平日用来打扮外，传统上印度人会在大
节日或在准新娘出嫁前夕绘上这种临时文身来庆祝，把它当作节日的装饰和祝福。

问她们各种问题；老头儿也许会表情愉悦地坐在那里，不动声色地吸着香水味。

在去老夫妇家的路上，车子抛锚了一次。小舅叽叽咕咕咒骂了一番。后来，又遇上堵车，他们就把车停在高尔公园的甘加拉姆商店前，进去给老夫妇买果脯和加糖的粉红色酸奶。果脯和酸奶装在红土烧制的罐子里——他们周围的人吃饭都是用这种罐子和树叶做成的盘子。遗憾的是，吃完饭，这些罐子和盘子就要被丢弃——这让桑迪普想起在学校里学过的摩亨佐达罗文明：摩亨佐达罗城的居民吃饭也是使用一些原始而优雅的器皿，但吃完之后就把这些器皿扔掉。在车里，桑迪普小心翼翼地将两个罐子端平，免得糖浆溢出来，就像手里拿着两个不定时炸弹一样。等他们到达目的地时，天已经黑了。老夫妇的家并不在主干道上，所以车子要转弯驶入狭窄的小巷——小巷里有逼仄的商店，人力车夫躺在角落里，抽着微微发着白光的印度土烟。为了驶进小巷，他们不得不往前挪一下，马上又往后倒一下。此时加尔各答在他们心中已经变得十分遥远，远得无从辨认，这座城市再也无法跟将它团团包围的民间故事中的孟加拉国清晰区分开。神话、鬼怪和孟加拉虎已经跨越了加尔各答和孟加拉国之间本就模糊不清的界限。噼啪作响的小车经过一个寺庙和一个水塘，白天水牛和孩子们会在水塘里洗澡。

这个地方是一个小殖民地或小村庄，一些特别狭窄的小巷构成它全部的交通网络。这个地区很少有人用电灯来照明，人们的眼睛早已适应了月光，能在月光下看清相隔很远的房子，看清长着各种生物的水塘：水里有孢子生长繁殖，边沿有茂密的杂草覆盖，水面有荷花探出，在黑夜里含羞怒放。在这个地区凉爽的房屋和定居点里，环境不同，生命选择存在的方式亦不同，或高调绽放，或含蓄隐忍。桑迪普看见汽车头灯的两根圆管里面聚集了成百上千只昆虫，这些体型微小、毫无思想的带翼昆虫义无反顾地扑向车灯，汇成一条勇往直前的溪流，抑或一条晃动的银河。这个地方让桑迪普想起大舅曾经跟他讲过的一句话："在我们小时候，世界是由若干个有意识的小岛组成。两个村庄之间可能相隔数英里，甚至两栋房子之间也可能相隔数英里。那时没有电话，写信就变成唯一的交流方式。一座山或一条河都可能是分界线，把我们的生活圈子同外界隔开。我们的生活圈子很小，任何事情对我们来说都可能是大事，让我们大吃一惊。这些是你永远都无法理解的。"

桑迪普问："这是哪里？"因为他很想知道这究竟是真实的地方，还是大舅梦见的地方。

大舅回答："是锡尔赫特①，也就是现在的孟加拉国。"

桑迪普小声念叨："锡尔赫特……"

大舅说："当印度还是一整块土地时，英国统治着我们。在我们的父亲去世后，我们就搬到西隆②。西隆境内有绵延的群山和飞流的瀑布。"

汽车艰难地穿过狭窄的小道时，桑迪普的思绪飘到大舅的童年时代，汽车的头灯在黑暗中像两颗闪烁的星星。

在一个外墙油漆过的小屋前的台阶上，两个男孩正在玩撞球游戏③。小屋墙上写着几个黑体大字：国家运动协会。透过窗户，可以瞥见小屋里面只有一张乒乓球桌。两个男孩暂停游戏，用一连串杂乱无章的手势热情地给小舅指路。哦，是的，他们认识那对老夫妇。是的，昨晚，老夫妇的儿子和儿媳带着他们刚出生的第一个孩子回家了。

舅妈摇下车窗，问："是女孩还是男孩？"

男孩回答："女孩。"

舅妈趁蚊子飞进来之前，赶紧把车窗摇起来。车子继续前行，两个男孩往后退去，越退越远，最后消失不见。当他们

---

① 锡尔赫特（Sylhet）：孟加拉国东北部。

② 西隆（Shillong）：印度东北部城市。

③ 撞球：一种印度的桌球游戏。

开到老夫妇的家门口时，发现老头正提着灯笼站在游廊上等他们。一群蛾子正围着灯笼振动着翅膀，但老头全然没有注意它们。他是听见远处传来发动机一顿一顿的声音才走出来的。夜晚万籁俱寂，唯有丛林中猫头鹰质问般的叫声和蟋蟀如管弦乐般连续不断的叫声。因此，即使车子还离得很远，还没有进入老夫妇的视线，他们也能听见发动机一顿一顿的声音。他们琢磨了一下，最后老头提了灯笼，拖着脚步走出来。他指着妻子，说："我跟她讲了，我跟她讲了，我听见有车子来，我就知道是你们的车，我告诉她，你们马上就到。"

等他们一进屋，舅妈就把酸奶和果脯拿给老太太。老太太连忙说："不用，哦，真的，你们太客气了。"她坚持不肯收下，那语气就像收到别人送的科依诺尔钻石①当生日礼物一样。小舅在旁边不停地说："收下，收下，收下……不是什么贵重的东西。"那架势也像在送科依诺尔钻石给别人作生日礼物，又不愿被自己的慷慨震慑住一样。这些东西确实不贵重，不过是从甘加拉姆商店买的果脯和酸奶而已，但他们却大惊小怪，非要营造一种幻觉——这些都是没人见过，也没人品尝过的价值连城、独一无二的东西。

---

① 科依诺尔钻石：世界上最大的钻石之一，原重 191 克拉。

老夫妇的儿子和儿媳略带羞涩地从前厅出来，轻轻俯下身，触摸小舅、舅妈和桑迪普妈妈三个人的脚——这是一种传统的问候方式，也是向长辈表示尊敬的礼节。

小舅连忙把老人儿子的手挡开，嘴里不住地说："哦，不，不，不，不必这样……印度是现代社会了，是尼赫鲁①治理下的世俗社会，没有这些礼数，也没有宗教。"小舅的做法一半是表示谦虚，一半是表示顺应新时代的潮流。

老人的儿子坚持要触摸小舅的脚趾，说："大哥，我有两年没见你了，你就不要拒绝了。"老人儿子的做法一半也是表示谦虚，一半是表示遵从旧时代的礼节，遵从印度"传统"——甘地时期印度的礼节和习俗。

桑迪普目睹全过程，得出一个结论：大人们都疯了，都是各自遵循自己的做法，非要把简单的事情搞得复杂化、戏剧化，这样他们才感觉到重要和快乐。桑迪普愤愤地想：难道他们都长不大吗？他环顾四周，看到墙上亮着一根蓝色的日光灯。房间不大，尽管有些空旷，但给人的印象并不是贫穷，而是苦行——贫穷意味着物资匮乏，流离失所；而苦行意味着在物质稀缺的传统和文化里面，以根深蒂固的方式保持贫穷状

---

① 尼赫鲁（Jawaharlal Nehru，1889—1964）：印度开国总理，也是印度在位时间最长的总理。

态，甚至把物资匮乏的生活当成一种存在方式。房间中间有一张木桌，旁边有一张长沙发椅；靠墙的地方有一些嵌入式的置物架，架子上摆放着罗摩克里希纳①的肖像画和湿婆②的小雕像，雕像旁边点着几炷香，檀香的气味熏得房间的人依稀有种潜意识的奉献欲望；此外，架子上还摆放着一本记录罗摩克里希纳奇闻轶事和预言的书、一些婚礼照片（其中一张是黑白照片，一张是老人儿子儿媳的彩色照片）、一根孔雀羽毛以及一罐调味料。房间的一个角落里有一盆绿萝，窗户下面靠墙处有一架小风琴，还横躺着一把坦普拉琴；窗户敞开着，外面一棵杧果树的枝条和散发着清香的叶子伸进窗户；地板上铺着两张供人坐的藤条席子。房间里的物品多得足以引人注意，又少得足以让人数清并记住。物品之间的狭小空当之所以存在，似乎是为和四面墙协调一致或者灯光与阴影达到平衡。空当让小小的房间更显沉静，并变成一个凉爽的宜居之所。

其中一张席子上放着一个黑乎乎的包裹。

年轻人抱起包裹，问："你们还没见过我的孩子吧？"

---

① 罗摩克里希纳（Ramakrishna Paramahamsa，1836—1886）：印度近代的宗教改革家、孟加拉开悟神秘家，注重苦行和冥想。

② 湿婆（Shiva）：毁灭和再生之神，婆罗门教和印度教的主神之一，与创造之神梵天、世界之主毗湿奴并称为"三大主神"。

女人们惊呼："哦，叫什么名字？"年轻的父亲回答："安娜普纳，我妻子取的名字。"声音里满是慈爱与自豪。

小舅啧啧称赞："真是个好名字。"

"安娜"意思是"米饭"或"食物"，"普纳"意思是"充足"或"齐备"，两个词加起来就生出"安娜普纳"这个新词，就好比一对父母生出一个孩子。"安娜普纳"的意思就是"提供食物的人"，同时也是母神杜尔迦诸多名字中的一个。

这个叫安娜普纳的孩子让大家兴致勃勃。她从熟睡中被弄醒，却咧开还没长牙的嘴笑了起来，叫人忍俊不禁，也许她还没有意识到自己醒了，也许还以为自己进入了另一个多姿多彩、杂乱无章的梦境。哦，糟糕！她突然露出全神贯注的神情，在她父亲的衬衫上撒了一泡尿——就这样，她向大家宣告自己的正式醒来——衬衫上尿湿的那一块扩散开来，越来越大，她的父亲不由得抱怨起来，但没有人感到尴尬，谁会为婴儿撒了一泡尿而尴尬呢？婴儿自己也不觉得尴尬，她做任何事情都有最美好的意图。此外，民间有一种说法：婴儿的尿液没有任何危害，甚至像泉水一样纯洁。

婴儿的父亲匆忙跑进房间换衬衣，老人负责照看孙女，大家依旧谈笑风生。婴儿开始拨弄爷爷的眼镜，时不时发出"咿咿呀呀"的叫声，仿佛在对大人的聊天进行批判和评论。

　　她嘴里发出"哦咯、哦咯"的声音。

　　她觉得眼镜可用来吃,用来咀嚼,或许还可用来消化。桑迪普借小舅的手表,将一个神奇的光点反射到墙上,婴儿看得目瞪口呆,眼神里透着崇拜。有一次,她哭起来。桑迪普端来一杯水,逆着光放,让她看到几束光透射到水中,仿佛几条小鱼在水中游弋。婴儿安静下来,头往前倾,仿佛准备改变宗教信仰——婴儿最易哄骗,天生就相信眼睛看到的一切。她嘴角流着口水,如蛛网般从唇边悬落下来。这就是安娜普纳,一个流着口水,善于讨人喜欢的小东西。

　　老人开始附在婴儿耳边轻柔地唱歌:

　　　　挥舞,挥舞,挥舞,手中的梳子,梳理你亮泽的头发。
　　　　新郎就要来了,马上要把你带走……

　　安娜普纳想要挣扎,但爷爷的手臂像中国长城,紧紧环绕着她的身体。眼镜从她无力的手指间滑落,落到爷爷的膝盖上。她的手指笨拙迟缓,却什么都想抓住。

　　老太太和儿媳已经做好晚餐,有木豆、茄子、农家干酪,还有两种鱼——一种是鲤鱼,另一种是野鲮。婴儿再次进入沉沉的梦乡。桑迪普想:婴儿的生活多么奇怪呀,要么睡着,要么睡醒。老头儿仍在她耳边唱着押韵的歌曲。老太太尽心尽力地想让每个人吃好，她在干净整洁的小桌上摆好菜盘，说："你们一定要尝尝鲤鱼，是我们的儿媳妇做的。"老两口的儿媳笑了笑。舅妈问："你们怎么不吃？"老太太和儿媳说："我们等下吃。"于是她们俩就看着大家吃饭。饭后，桑迪普开始犯困，阿比和巴布拉也一样。小舅说："我好几天都不会忘记这餐的鲤鱼。"这时，儿媳已经不见了，但桑迪普还记得她的笑容。等桑迪普完全醒来时，发现自己已经回到了小舅家里，正躺在皱皱巴巴却温暖舒适的双人床上，旁边还躺着两个表弟——他在回家途中睡着了，并且毫无意识。此时，一只萤火虫从窗户飞进来，像一盏移动的免费电灯。桑迪普脑子里回荡着一个声音："叫什么名字？"另一个声音回答："安娜普纳。"第三个声音响起："真是个好名字。"

　　星期六的时候，一阵凉风突然吹来，这令他们感到讶异。风里带着湿润泥土和浸湿树叶的味道。一定是哪里的村庄、树林或田野下过雨，从那里来的微风吹到小巷里来，也把遥远的地方下过雨的讯息带到了小巷。午饭后，他们聚在二楼的双人床上，微风像手指一样拂过他们的后背，他们像起了鸡皮疙瘩一样，感觉痒痒的。雨季来临前的第一缕清风带着一股情欲的气息。

　　舅妈问："你有没有闻到那种气味？"

　　桑迪普妈妈问答："有。"

　　小舅深吸一口气，说："那种气味……"

　　他从来不知道还有什么气味比得上湿润泥土的气味，那是泥土本身的清香，是泥土的芳香，是最自然、最朴实的香味。

　　几天后，卡贝萨基风暴初次来袭。天空被灰色的云层笼罩，像一个倒扣过来的碗。太阳被关在碗里，阳光射不出来。

风席卷着落叶和旧报纸，像游行的示威队伍一样穿过小巷。有人站在阳台大喊，是一个女人的声音："拉特纳！拉特纳，快进屋！"风无声无息地向前吹，一个女人独自走在路上，被大风肆意戏谑，纱丽宽松的下摆无助地飘荡，如同一块迷失在风中的彩色碎布——裙摆乱舞也成为这个雨天最靓丽的风景。乌鸦警惕地跳起，尽管它们什么也看不见，但一定是感觉到了有什么强大并危险的东西在逼近。这个城市如玩具般被风玩弄于股掌，完全陷入紧张不安之中，现在又要和庄严挺进的云层对抗，就像两个世界在激烈交锋一般。大地笼罩在世界末日的阴霾下，闪电有时在乌黑的云层上一掠而过，如同人脸上一道显眼的疤痕，有时又瞬间照亮灰蒙蒙的天空。天空上一秒还凝重阴沉、默然无声，下一秒就雷声轰鸣，响彻天际——

　　轰隆隆，轰隆隆……

　　顺从的树叶开始震颤，枝条齐刷刷地摆动，就像部队训练时那么整齐划一——弯腰！起立！弯腰！起立！砰！门窗突然关闭。幽灵鬼怪纷纷出动制造恶作剧：搅扰用人，敲打窗户……只有孩子们才有闲暇一探究竟，笑对幽灵鬼怪，因为大人已经手忙脚乱，惊慌失措了。萨拉斯瓦蒂忙着把晾在阳台的衣服拿进屋，以免被雨水淋湿。她抱着皱巴巴的衣服，就像特蕾莎修女抱着干巴瘦小、奄奄一息的孩子一样。木窗像狂热的宗教徒一样猛烈地撞击窗框，舅妈冲过去关窗，好不容易才把最后一扇窗关紧。风雨雷电似乎达成一致，天空开始下雨，有规律地嘶嘶作响。他们坐在窗户紧闭的房间里，倾听雨点敲打窗玻璃和掉落在隔壁房子的铁皮屋顶的声音。孩子们聊着天，偶尔会无缘无故地停下来，侧耳倾听雨声。房间里很凉爽，床和地板都是冰冰凉的。当他们打开水龙头时，水闪着光喷涌而出，他们用水漱口。有时，桑迪普和阿比会打开百叶窗，看看外面的世界，看到大雨仍未停歇。他们伸出手，让滚圆的雨珠落在手背上，他们的手像沾了露水的昆虫，但是雨珠与手背接触的瞬间，飞溅散开，不再是原来的形状。桑迪普跑到后面那个小房间，透过窗户往外看去，他看到椰子树正在不由自主地东摇西摆，内心不禁涌起一阵喜悦之情。

雨季来临了。在世界另一个角落有一片巨大的陆地，名叫"澳大利亚"。澳大利亚是漂浮在海洋上的一块巨大又笨重的陆地，像水面上一个临时搭建的巨型木筏。谁坐在这个木筏上漂浮呢？袋鼠、土著居民和板球运动员。印度人正在游览澳大利亚，因为有一场印度和澳大利亚之间的国际板球锦标赛正在悉尼举行。小舅早上五点钟就醒来，打开收音机，竭力锁定悉尼电台。他飞快地转动按钮，断断续续花了一段时间调台，收音机总算以一种邪恶、像巫婆一样的方式发出咯咯的说话声。澳大利亚解说员的声音从收音机里飘出来，声音有时很大，显得很紧急，有时又很小，感觉很遥远，仿佛解说员的话在漂洋过海传送到印度的途中掉落了几个字。

房间里回荡着陌生的澳大利亚口音，他们的元音发音非常奇特，也很生动。当然，其余的人都还在睡觉。连日来的大雨使夜晚格外凉爽，让人身心放松，所以他们蒙着头呼呼大睡，仿佛用裹着被子的身体在呼吸。阿比、巴布拉和桑迪普躺在床上，就像靠近地平线的小岛上的原始生物一样，挤作一团，等待黎明的到来。黎明的到来会刺激他们的大脑开始思考，他们由衷地热爱睡眠，并且带着这种纯粹、超然的爱让身体入眠。

一旦进入睡眠的微妙状态，睡眠就会像气泡一样随时可能破灭，但神奇的是，在大概八个小时的时间内，它可以避开这种可能性。不过，小舅在早上五点钟的时候就会在气泡上重重地踩上一脚。

他旋转收音机按钮，一下拨弄这个东西，一下移动那个东西，又是咳嗽，又是大笑，又是打哈欠，闹出各种动静。他笨手笨脚、老爱制造噪声的毛病让每个人都很厌烦他。神奇的是，他居然不觉得自己在制造噪声，还认为只要他嘴上没说一个字，就不会打搅任何人，不管他的手脚如何捣蛋，他都无须负责。无论如何，桑迪普和阿比认为：小孩必须简单、无条件地容忍大人。这样一来，小孩要想保持心智正常，就必须经常看些关于小孩子的连环漫画。

国际板球锦标赛终于结束了。印度做了一件光荣的事——输了比赛。圣雄甘地的国家怎么能够容忍自己赢别人呢？因为这场比赛，那种期待感暂时破灭。连续几天都下着倾盆大雨，绵延不断的白色雨幕遮盖了印度的风景和地标，如铺设了电车轨道的主路、灯柱、老药店和公园等。当桑迪普观察这些地方时，它们似乎在桑迪普的眼前消失了，但令他感到惊讶的是，他自己并没有消失。

巷子里的水沟排水不畅，雨水以一种舒缓、优雅的姿态从水沟里溢出来。小巷积满了水，水位不断上升，开始没过脚踝，后来没过膝盖。昆虫在水里转着圈。当萨拉斯瓦蒂拎着购物袋从市场回来时，偶尔会碰到顽皮的小孩到处溅水。昆虫纷纷游走，避开萨拉斯瓦蒂这个笨拙的庞然大物。等她回到小舅家，湿漉漉的脚印很可能印在地板上，这种可能性跟鲁滨孙·克鲁索在岛上发现第一个脚印的可能性一样大。

小舅的车坏了，所以没去上班。车子通常在雨季变得喜怒无常。当然，车子在冬季、春季和夏季也一样喜怒无常。但小舅说，车子在雨季尤其喜怒无常。他并不责怪车子，而是责怪车子的制造商——不管制造商是谁。

他就在家里做点工作，比如翻找文件。之后，便浏览《政治家》报纸，把社论读四遍，摇头晃脑，放声大笑，接着又平静地说："这个家伙太愚蠢了，我必须给报社写封信……"他拿出大页书写纸，开始写信。刚潦草地写完"敬启者"，就停了下来，然后把"敬"字画掉，信的开头就变成"启者"，因为他对编辑很生气。

写完信，他轻松地俯卧在床上。每当他放松的时候，就会想起他的背部非常疼痛。

他喊道："阿比！过来给我按按背。"

阿比走过来，用手指按摩父亲的脊椎骨，他的手指跟信仰治愈者的手指一样轻柔。

小舅嘴里发出"哦——"的叫声，那声音就像风钻过缝隙。它在表达疼痛的同时也表达着惬意。

他为阿比的手指导航，说："上面一点。"

手指往上游走了一点。

"往左一点……稍微一点点……"

手指又往左移动了一点点。

"再往左一点点。"

又往左移动了一点点。

寻找确切的痛点是一件精细活，仿佛这关乎到一条甚至几条性命；它又像在布雷区探测地雷，或者在沙漠探测油脉一样，每一步都需小心谨慎。

小舅说："对，对！就是那里。按一下那里。""爸爸……"阿比想说什么，他的手指做出按压的样子，但并没有按下去，就像钢琴大师准备演奏奏鸣曲的前奏部分，而台下观众正屏住呼吸，等待开场。

"爸爸，我们以前说过的那个板球拍……"

小舅叫道："它归你了，是你的了！赶紧按下那里。"对于阿比的敲诈勒索，他让步了，并且要让全世界知道。

阿比笑了，开始演奏他的奏鸣曲，音符欢快地跳跃。小舅闭上眼睛，惬意地叹着气，深深陶醉在别人听不见的音乐当中。

十五分钟以后，小舅叫巴布拉站到他背上。巴布拉个子小，能够掌握平衡，体重也轻，既能踩压痛点，又不会伤到他。

巴布拉有点胆怯，说："爸爸，我会摔下来。"小舅宽慰他："肯定不会，来吧，就踩几分钟。"

巴布拉爬到床上，先伸出一条腿，站到父亲的背上，那样子简直像埃德蒙·希拉里在登珠穆朗玛峰一样，就差一面登山旗了；然后再伸出另一条腿，最后双腿站到父亲背上。

"走几步。"小舅说，"待在相同的地方，走几步。"

这个要求有点矛盾，巴布拉试了一下，笑了。待在一个地方，又能走动——他似乎喜欢上了这个主意。他不知道双腿能够这样做，这样看起来像角色颠倒的湿婆檀达婆舞 ①。雕塑家过去一直用湿婆舞代表檀达婆舞——湿婆舞是将手臂优雅地分开，单腿站立，另一条腿踩在俯卧在地、孤立无助的孩子身上；湿婆舞可能把惨遭践踏的无辜生命作为舞蹈的一部分。当小孩巴布拉站在小舅背上起舞时，小舅就是呈俯卧状，嘴里发出阵阵叫声，这个场景就相当于角色颠倒的湿婆檀达婆舞。

一家著名的咖啡生产企业举行有奖竞赛，桑迪普的舅妈准备参加。她专心致志地填好报名表，对桑迪普说："莫纳，帮我想一条关于咖啡的英语口号，要很棒的口号。"桑迪普住在孟买，又会用英语写诗歌和小说，那一定掌握了一些优美的英语词汇。现在每个人，尤其是咖啡公司，都逃脱不了这门愚蠢的外语。桑迪普用过一些好词，如踌躇的、谨慎的以及热情的。但是，他能助舅妈一臂之力吗？舅妈英语不好，也不重视英语，像一些印度妇女一样，她维护着高贵的尊严，丝毫不愿

---

① 湿婆檀达婆舞：在宇宙末期，世界老朽不堪，湿婆从恍惚中清醒，开始毁灭一切。他迈着大步，踩灭生灵。这就是檀达婆舞，让人惊骇的宇宙毁灭之舞。

意学习英语。桑迪普能帮舅妈赢取两张飞往克什米尔的机票
吗？他冷冷地回应了一句："舅妈，我想一下。"但是，当他看
见舅妈坐在床上，弯着腰，缩成一团，小心翼翼地用剪刀把入
场券剪下来时，内心又有些感动。

孩子们带劲地玩着"伪装"游戏，一直玩到午饭时间。这
时，外面下起了雨，他们很开心，因为发现自己突然不出汗了。
小舅起床后，看见他们在走廊上玩。

他笑容可掬地问："你们在玩什么？"

阿比说："我们在玩自由斗士的游戏。我们正在杀英国人，
把英国人剁碎。"

小舅弯下腰，看着巴布拉，柔声问道："那你扮谁？是不
是也把英国人剁碎？"

巴布拉站定，直视着父亲的眼睛，露出英勇无畏的神情，
回答："我扮苏巴斯·钱德拉·鲍斯①。"

阿比抗议说："不，我才扮苏巴斯·钱德拉·鲍斯。巴布
拉，你闭嘴！"

巴布拉仍然呈立正姿势，说："阿比，你闭嘴。"

阿比用黑手党成员的口吻问："你说什么？再说一遍。"

---

① 苏巴斯·钱德拉·鲍斯（Subhas Chandra Bose，1897—1945）：印度激进独
立运动家，政治和社会活动家，印度民族解放运动的领导人之一。

最后，小舅转身面向桑迪普，问："那你呢？你扮谁？"

桑迪普回答："我扮圣雄甘地。"但话一出口，便意识到自己犯了错。

小舅顿时大吃一惊，脸上露出轻蔑的笑容。

"甘地！甘地不是自由斗士！他是一个假瑜伽行者，根本不懂经济学！"

桑迪普不懂"经济学"的含义，只知道自己学校的女生要上一门叫作"家庭经济学"的课程。他天真地回答舅舅："他是印度国父。"并重复了一遍他在学校里学过的有关甘地的知识，但他发现自己又犯了错。

小舅眼冒怒火，开始激动地给他们讲述印度独立前的历史，并引用多位不同民族的历史学家的观点。他跟孩子们说话时，俨然一位参加研讨会的学者，正在对着一群与他持敌对意见的学者演讲。由于他心中的疑团悬而未解，所以他全然忘记自己是在跟桑迪普、阿比和巴布拉这几个孩子说话，他眼前只看到三个支持国会的保守派知识分子。

他开始说国父甘地是个厌食症患者。

他说："那个家伙！那个家伙总是围块缠腰布，让人看他突出的肋骨。"

小舅开始表达对苏巴斯·鲍斯的崇拜之情，赞美鲍斯识

悠长假日

时务，懂得及时转变思想，是个聪明的孟加拉人。此时，小舅的特点暴露无遗：精力充沛、性格急躁、喜好争辩、固执己见以及不肯让步。他说话的语气明显以苏巴斯·鲍斯为豪，这种自豪感让他两眼生辉。当一个儿子怀念自己遭受恶语中伤的父亲时，内心深处往往会激发对父亲的这种自豪感。他边慷慨激昂地演讲，边从一个房间迈到另一个房间，而孩子们寸步不离地跟着他，忘记继续做游戏。刚才的游戏还处于前途光明的初期阶段，英国人很可能会卷土重来。

下午，雨转多云，天气潮湿闷热。姨婆一大早就来了，一直待在后院。整个上午，她不停地把蒌叶 ① 折叠成小金字塔的形状，然后把如行星般浑圆、如岩石般坚硬的槟榔（她用一种锋利、危险的工具把槟榔一分为二或一分为四）填充到"金字塔"里面，再在"金字塔"上面抹些石灰。她塞了一个"小金字塔"到嘴里咀嚼，一连咀嚼好几个小时，咀嚼时下巴微微颤动。她的下巴坚韧无比，从来不知疲倦。下午，大家都沉沉睡去，整个世界停止运转，唯有姨婆的下巴仍然带着微妙的节奏感在执拗地进行研磨运动。这种运动简直是有悖逻辑的，但姨

---

① 蒌叶（betel-leaf）：胡椒科，胡椒属攀缘藤本植物，主要分布于印度、斯里兰卡、越南、马来西亚等国。印度人喜欢把蒌叶搭配槟榔一起吃，通常是在蒌叶上抹些石灰，裹上槟榔，一起放入口中咀嚼，认为这样有助于消化、提神以及清洁肠道。

婆的下巴从蒌叶上获得极致快感。

　　小舅也睡着了，身旁还放着一本翻开一半的书。桑迪普瞥了一眼，发现是萨拉特·钱德拉·查特吉① 写的小说。小舅的书架上放满了书，书的作者有萨拉特·钱德拉、比布提·布尚②、塔拉尚卡尔③、罗宾德拉纳特·泰戈尔④……这些作家的名字像葡萄酒的名字，曾经迷倒过整整一代人。

　　桑迪普几乎看不懂用孟加拉语写的书，也不会用孟加拉语写作。他在远离家乡孟加拉邦的孟买长大，在现代印度有无数像他这样的孩子，从小脱离家乡的语言环境，如同语言上的孤儿。他不懂家乡的语言，就像查娅和萨拉斯瓦蒂不识字一样。但是他喜欢趁着外面乌云密布、暴雨将至的时候，翻开这些经典作品，看看里面的文字。他把文字看成人物：ব 指大腹便便但站得笔直的胖男人；ক 指正在抓挠背部的胖男人；1 指青少年，后来长得很高，动作笨拙，羞涩地把头往前倾；ম 是指舞者，他的右腿总是抬起，呈不自然的雕塑姿势。这些文字

----

① 萨拉特·钱德拉·查特吉（Sarat Chandra Chatterjee, 1876—1938）：孟加拉文坛上仅次于泰戈尔的重要作家，也是印度孟加拉语文学中第一个职业作家。

② 比布提·布尚（Bibhuti Bhushan, 1894—1950）：印度孟加拉语作家。

③ 塔拉尚卡尔（Tarashankar, 1898—1971）：孟加拉语小说家。

④ 罗宾德拉纳特·泰戈尔（Rabindranath Tagore, 1861—1941）：印度诗人、文学家、社会活动家、哲学家和印度民族主义者，代表作有《吉檀迦利》《飞鸟集》等。

联系紧密、历史悠久、奇形怪状、滑稽可笑，又曼妙优雅。在
他的想象中，孟加拉人也是如此。

　　这段时间的昆虫很多。天空布满拍打着翅膀的小生灵。一
到晚上，就会有各种各样、大大小小的昆虫成群地聚集在墙上
的日光灯旁。这可乐坏了蜥蜴，它一旦看见墙角有一只昆虫在
想心事，身体便会做出紧急又精准的反应——精准得像从不走
快或走慢一秒的时钟指针——它会转过身，停下，再前进，每
次都是断断续续一点点地移动，就像用莫尔斯电码打字一样，
以"点——点——破折号——点——点"的方式急速并成流线
型往前滑行。如果它运气好的话，也就是说，如果这只蜥蜴的
反应够快的话，可以抓住并吞下这只小昆虫。实际它把昆虫摄
入口中并吞咽下去的过程只用了一瞬间，或者说半个瞬间，没
有人能够真正看清这精准的瞬间或半个瞬间。刚刚昆虫还在这
里，还是世间万物生灵的一分子，但此刻已经被吞噬到蜥蜴黑
暗的肚子里了。

　　有一次，大概晚上七点钟，巴布拉正打瞌睡，一只昆虫意
外飞到他耳朵里，他猛然惊醒，开始大哭不止，哭声就像悲剧
演员为打动观众而发出的尖声哀号。大家都焦急地询问缘由，
但他就是不肯回答，一个劲儿地哭，并且用手指指着左耳，但
这个动作并不明显，仿佛担心昆虫一生气就会钻进他的大脑。

他哭着说："它发出声音了，它在里面噼啪响。"

舅妈让他躺下。他泪如泉涌，仿佛这个屋子里发生了无可挽回的重大悲剧，但只有巴布拉这个最年幼的孩子在号啕大哭，在表达着悲痛之情。萨拉斯瓦蒂端来一碗热油，舅妈用手指蘸了一下油，将手指放在离耳洞一寸远的地方，让油滴入巴布拉黑幽幽的耳道，然后又滴一滴，再滴一滴……

她说："闭上眼睛，不要害怕，其实这只昆虫比你更害怕。"

但巴布拉并不相信他妈妈的话。一想到一个生物在另一个生物（他自己）的体内漫游，他就无法忍受。他想单独住在自己的身体里，不想跟一只昆虫同住。过了一会儿，一只飞蚁从黑暗的耳洞飞出来，飞到灯火通明、叫人眼花缭乱的房间里。它的翅膀上粘着油，一头撞到枕头上。它似乎被巴布拉耳朵里面的情景震慑住了。舅妈眼疾手快，抓起一本杂志把它拍死。它似乎甘愿受死，仿佛觉得已经完成了自己生而为昆虫的使命。

　　在雨季的某个时间，阿比和巴布拉的学校开学了。暑假最后一星期的白天，桑迪普都是独自度过的，整栋房子以及里面每个无人的角落都归他一人。当然，他妈妈和舅妈也在家，但她们像房子里一直都在的家具，有了这些家具，房子会很舒适；她们更像床，可以躺在上面；或者她们更像椅子，可以稳稳当当地坐在上面——一点都不像可以与之狼狈为奸的同伴，尽管她们始终都在家里。

　　因为持续的雨天，萨拉斯瓦蒂感冒了，咳嗽得越来越厉害。阿比和巴布拉不在身边，桑迪普开始把萨拉斯瓦蒂视作凡人，而非神话人物①，这种转变也让他有些困扰。她发烧时，会走上阳台，躺在太阳底下的垫子上，等下雨时才会进屋。她"咳咳"地咳嗽，呼喊："哦，神灵保佑！"她想干活，但舅妈

----

① 印度教中妙音天女又名"萨拉斯瓦蒂"。

命令她好好休息。她又大喊："哦，神灵保佑！神灵保佑！"
她为什么想干活？那她干活的时候会打寒战吗？她想干活，不
是因为心地善良或者了不起（想象一下萨拉斯瓦蒂心地善良或
了不起的样子），而是因为害怕自己不被需要。桑迪普有点同
情她，同情这个满脸皱纹、长相丑陋的女人，她连一句正确的
孟加拉语都不会说，只会说粗俗的乡村土话（孩子们总是拿她
的土话来打趣），她还会在下午吃浸在水里的泡米。此外，他
还感受到另一种情感，这种情感跟同情一样高尚，他为自己有
这种情感而自豪。有一次，孩子们叫她写自己的名字，她的手
指畏畏缩缩，很不灵便，最后还是在纸上胡乱画了几笔，尽管
非常难看，但她脸上始终含着微笑，费了好几分钟去完成孩子
们布置的任务。孩子们指着纸上歪七扭八、一点都不像字的
东西，语带嘲讽地问她："这是什么？"她回答："谁知道是什
么？反正我不会写字，再说，老太婆是不会写字的。"他们追
问："萨拉斯瓦蒂，你多少岁了？"她说："四五十岁吧，我也
拿不准。"对她来说，四十年和五十年都是一样漫长，几乎都
是永世，但又比一辈子要短一些，这两个数字她一样喜欢。时
间感像微风一样从她身边悄然而过，并没有惊扰她。这是多么
自大的女人啊！在班上分数倒数第一的普拉塔普都没有她这么
无知。现在，她生病了，桑迪普居然同情她，尽管这很难，因

为他通常只对小说或电影里无父无母的漂亮女孩怀有同情之类的情感。她又"咳咳"地咳嗽起来，这个固执又愚蠢的女人不肯服药，倒去摘阳台上种的罗勒树上的苦叶子吃，叶子很苦很苦。她太像房子里的家具了，许多许多人要依靠她，却对此浑然不觉。快要腐朽的旧家具会一次次地让人依靠，所以永远不会被扔掉。

　　每天下午四点钟，在这个神奇的时刻，阿比和巴布拉就会放学回家。桑迪普站在楼上窗户边，双手抓着冰凉的长窗棂，脸也紧贴窗棂，隔着窗户默默地看着他们。当他看到守门人接他们走下校车时，心里突然有一丝嫉妒。他们抬头看见他，向他挥手时，他也挥手回应——桑迪普用这种方式欢迎表弟们回到朦胧的暑假时光。

　　但是，他们上楼后满嘴都是自己在学校做的事情，这个老师、那个老师说过的话，朋友做了什么恶作剧等。他们把书包扔到床上，卡其布做的书包里塞满了课本和大大小小的练习簿，棕色封面上工工整整地写着他们的名字和班级。桑迪普发现阿比的几本书的首页都写着如下的字：

　　宇宙

　　太阳系

地球

亚洲

印度

西孟加拉邦

加尔各答（南），维韦卡南达路 17 号

阿比吉特·达斯

　　他们一进门便踢掉鞋子，朝萨拉斯瓦蒂嚷嚷着要东西吃，然后开始谈论学校的趣事。桑迪普告诉他们："萨拉斯瓦蒂生病了。"他压低嗓子，似乎知道自己的话令人难以置信。

　　阿比说："哦！她为什么现在生病呢？"此时，阿比和阿布拉满头大汗，兴奋异常，脸上熠熠发光。桑迪普突然觉得他俩属于另一个世界，而自己只是个局外人。三个男孩之间例行的下午游戏也变得毫无乐趣，像是临时凑合的。以前，他们趁大人们安静地睡觉时，在房子里偷偷摸摸、津津有味地做游戏，度过一个又一个漫长的下午，此时，他感觉这种朦胧私密的暑期生活从他身边溜走了。然而，等三个男孩一起平躺在大床上，叽叽喳喳说个没完时，那种形影不离的感觉又回来了。只要能够随便聊聊天，能够将这种冗长又毫无意义的对话持续下去，桑迪普愿意买下时间，让这个假期永远不要结束。

白天一直下雨，熟悉又神秘的雷声在空中炸响。阿比和巴布拉在学校上课，桑迪普则待在楼上的房间里，懒洋洋地俯卧在床上，慢吞吞地读一本儿童杂志上的孟加拉语句子，认真地看上面的插图。有时，他发现自己一分钟就能读懂一个孟加拉语短句，这让他感到诧异。有时，他会盯着一个很难的词语，久到仿佛过了好几个小时，也理解不了。在最后的空虚无聊的假期里，时间过得真慢啊！雷声再次响起，他焦急地等待阿比回来，这样就可以跟他一起讨论雷声。他盯着杂志，发现阅读这些孟加拉语谜语、打油诗和笑话，以及通过这些谜语、打油诗和笑话来倾听孟加拉语跟他的对话，会感到一种莫名的舒畅。一只苍蝇飞落在他手边，他抬头，看见蜥蜴在墙上一动不动，又无意中看见镜子中的自己，正躺在床上，身体放松，表情严肃。他听见舅妈在祈祷室吹海螺，摇铃铛。他希望自己一直生活在镜子里，保持现在镜子里的样子，懒洋洋的，一动不动，身边有苍蝇和蜥蜴，耳边有海螺声和雨声，嘴边有用母语写的笑话和韵律诗。

在这最后的日子里，他渐渐习惯了跟女人待在一起，偷听她们家长里短的闲聊，问她们一些女人才能回答的问题。他的思绪任意游荡，仿佛置身于形形色色的女人当中：有反应迟钝但心慈面软的女人；有爱管闲事又本性难改的女人；有风趣幽默又乐善好施的女人。她们穿着飘逸的长纱丽漫游世界，就像牧师穿着长袍一样。白天跟舅妈、妈妈、姨婆还有萨拉斯瓦蒂一起待在这栋老房子里，可以亲眼看见这些女人有尊严地过着单调乏味的生活。

　　姨婆在这里住了几天，每次晚餐前，她总爱颐指气使地指挥其他人，因为她相信，当她想准备一顿特别的晚餐时，其他人都是百无一用的。桑迪普看她指手画脚的样子，觉得很有趣。她会跟桑迪普的舅妈说："笨蛋，香蕉花能那样剥皮吗？让我来！"接着她用颤巍巍的手去剥皮，但没剥成，因为她实在太老了，动作根本不受控制，虽然她大脑还很清醒，但老迈的躯体让她的大脑备受打击。桑迪普的妈妈经常跟他描述姨婆年轻时的样子，说她是个专横跋扈的女人，用人和孩子们都很怕她。她是当地第一批女大学生，男人们很不情愿地把她看作跟他们平起平坐的人。然而，现在的情景是她粗暴地把香蕉花推还给舅妈，还呵斥道："喂，拿走！你觉得我有时间干这些事吗？"如果洗衣女工帮她洗纱丽时上多了浆，她会骂女工"傻子"；如果卖蔬菜的小贩拿了打蔫的茄子给她，她会骂小贩"蠢猪"；如果萨拉斯瓦蒂不吃药，她会骂萨拉斯瓦蒂"白痴"。空气中回荡着各种咒骂语，它们就跟诗歌一样难以翻译："笨蛋！乌鸦脸！低能儿！母山羊！牛眼白痴……"有时，她会用讽刺挖苦的语气，说一些反话："哦，天才！哦，创造奇迹的人！哦，无助的孩子……"当她闭嘴时，骂人的灵感似乎从空气中溜走，万物总算归于平静。

下午某个宁静的时刻，桑迪普问她：

"姨婆，你是多少岁出嫁的？"

她躺在床上，似乎没有听桑迪普说话，但又下意识地回答：

"二十岁。"

"姨婆，那就是很久以前，对吗？"

"是的，"她默数了一下，"五十二年前。"

桑迪普说："那真的是很久以前。"

"是的。"

他停下来，想了想，接着问：

"姨婆，你见过罗马人吗？"

"没有。"

"姨婆，罗马人是不是说'thee'和'thou'①？你听过他们那样说吗？"

"莫纳，我想我没有听过。"

---

① thee 和 thou 都是古英语单词，意思是"你"。

两人陷入短暂的沉默，似乎都在思考。桑迪普接着问：

"姨婆，姨公什么时候死的？"

"好像是我二十五岁那年。"

"姨婆，他为什么会死？"

"莫纳，因为他身体很差。"

"有萨拉斯瓦蒂那么差吗？"

"莫纳，比萨拉斯瓦蒂差多了。"

桑迪普沉默了。他无法想象身体很差的姨公。

"姨婆，姨公有小胡子吗？"

"他有大胡子。"

"姨婆，你是在姨公死之前还是之后，生下拉比舅舅和贾汀舅舅的？"

姨婆盯着他，沉吟片刻，说："莫纳，是在他死之前。"

桑迪普锲而不舍地追问："那他会跟拉比舅舅和贾汀舅舅玩吗？"

"莫纳，他没什么空，但是会跟他们玩，他会把他们抱到马车上……尽管他有时脾气很暴躁。"

"姨婆，他脾气有你暴躁吗？"

她盯着他，眼神里有一丝凄楚与困惑，说："莫纳，我脾气不暴躁。"

"姨婆，但是你有时候脾气很暴躁，并不是一直暴躁，但
只是有时、偶尔暴躁。"

"那只是别人犯傻的时候。现在去吵你舅妈吧，让我
睡觉。"

她翻身侧躺，翻身时全身关节嘎嘎作响。不一会儿，她
就开始打鼾。桑迪普细看了看她脸上和手上的皱纹，然后越过
她的身体，爬到床的另一边。舅妈躺在那边，在看杂志上健康
养生的内容。他喜欢像笨重的四脚兽那样爬行，翻越大人们裹
着冰凉的纱丽却很温暖的身体，然后，蜷缩在她们中间，就像
山猫蜷缩在可以遮风挡雨的大岩石之间一样。

舅妈抬起手臂放在额头上，这时手镯咣咣作响。他轻轻
用胳膊肘推了推舅妈，问：

"舅妈，你什么时候出嫁的？"

她头也没转，说："你今天怎么对我们的婚姻这么感兴
趣啊？"

"没有，舅妈，你告诉我，告诉我什么时候嫁人的。"

"我忘了。"

"舅妈，你没忘，你怎么能忘呢？"

"我告诉你我忘了。"

"好吧，那告诉我，你在哪里结婚的？"

"就在这里，在加尔各答。你小舅开车来接我。他围着一件白腰布，穿着一件丝质的旁遮普族衣服，上面有几粒金色的纽扣，戴着头巾。当然，我是后来才看见他的。但我堂妹比娜看到他们来了，立刻冲进房间告诉我说新郎来了。"

"那你说了什么？"

"我什么也说不了，因为他们在我脸上画了吉祥图案，眉心点了吉祥痣，在我眼睛周围涂了眼影，我根本动不了。"

"连说话都不能吗？"

"哦，我可以说话，但既然他们在我前额画了这么漂亮的图案，我就不想因为谈论新郎而破坏这些图案。谁会想知道新郎长什么样呢？"

"你难道对新郎不感兴趣吗？"

"不感兴趣。"

"那你之前见过他吗？"在桑迪普心目中，新郎不再是小舅，而是即将跟舅妈结婚的另一个男人，而舅妈也不再是舅妈，而是另一个女人。

"只见过照片。"

"你喜欢他吗？"

"一点也不喜欢。我觉得他鼻子太大了。并且我的小表妹森帕是我家唯一一个跟他们一起坐车来迎亲的。她个子很小，

悠长假日

很活泼，那天穿着蓝色连衣裙。她告诉我，他一路上跟司机争论，哪一条是去布巴扎最近的路。"

"舅妈，那你当时为什么嫁给他？"

"哦，因为我喜欢你妈妈和姨婆。我见到她们时，觉得她们都很好。我想更了解你妈妈和姨婆，所以就嫁给他。"

"那你现在喜欢他吗？"

她抽了抽鼻子，说："一点也不喜欢。他爱管闲事。"

桑迪普停下来，加重语气，问："那你为什么不……"

"为什么不怎样？"

"为什么不想有爱情的婚姻呢？"

她又抽了抽鼻子。

"当然不要。多无聊啊！"她沉默片刻，接着说，"嫁给不认识的人更刺激呀！更觉得是一种大冒险呀……"

聊天过程中，舅妈透露，在新婚之夜，新郎问她喜不喜欢板球，她回答不喜欢，但她和新郎一致表示喜欢泰戈尔的诗歌和萨钦·德布·伯尔曼的嗓音。新郎又问她会不会唱歌，她就没再吭声了。后来新郎为她唱了一首歌，她觉得很有意思，因为他唱歌时一本正经的，但不得不承认他唱得很好。后来，她生下了第一个孩子，他的皮肤黑，眼睛大，因此他们给他取名叫"阿比吉特"，简称"阿比"——阿比吉特是织女星的另一

个名字。再后来，他们生下巴布拉。巴布拉皮肤白皙，长得更
像父亲。因此，他们给他取名叫"苏拉吉特"——意思是精通
音乐的人。之所以取这个名字，一部分原因是在孟加拉语中，
它跟阿比吉特押韵，另一部分原因是小舅希望儿子会唱歌。会
不会唱歌还有待考证，但阿比吉特和苏拉吉特这两个名字押韵
的兄弟总是吵得不可开交。桑迪普说："哦，巴布拉出生的时
候我记得。我记得当时跟萨拉斯瓦蒂和阿比还有妈妈一起坐上
那辆破旧的老爷车去医院，我记得医生和护士都戴着口罩。"
舅妈惊讶地问："你真的记得吗？"桑迪普回答："是的，我经
常想起那个场景，尽管到现在才知道那是巴布拉要出生了。"
舅妈说："萨拉斯瓦蒂喜欢孩子。"接着，她又神秘兮兮地说，
"萨拉斯瓦蒂甚至会给孩子喂奶，把孩子哄得安静下来。"桑迪
普脑子里立马浮现萨拉斯瓦蒂那又小又蔫的乳房。他们聊个不
停，聊到舅妈累了，想睡觉。

　　桑迪普问："但是，舅妈，那我怎么办？"

　　她睡意沉沉地说："哦，你去阳台，我在盆里种了几棵辣
椒。你去看看辣椒有没有长，守着它们，不要让夜莺和鹦鹉
啄了。"

　　萨拉斯瓦蒂睡在阳台上，桑迪普看到她瘦小的身体蜷缩
一团。此时，烈日炙烤着大地，天气热得让人难以忍受——通

常在一场雨过后，下一场雨来临之前，天气就是这样闷热难耐的。在她旁边，有一盆罗勒树，再旁边是两盆辣椒。辣椒花像淡紫色的星星，花中间是向外突出的、颜色鲜艳的紫色凝块，从凝块里长出一些小辣椒，像男孩子的小鸡鸡。两只乌鸦好奇又机敏地围着盆栽跳来跳去，桑迪普"嘘"了一下把它们赶跑了；它们飞到邻居家阳台上，紧接着又飞到邻居家隔壁的房子，再接着又飞到邻居家隔壁的隔壁的房子。它们像贼一样在每一家都停留片刻，然后心虚地飞走，仿佛它们永远都游走在违法的边缘，永远都是上帝创造的世界的入侵者。最后，它们出于一片坦诚，在让人恹恹欲睡的下午，突然用嘶哑的声音"嘎嘎"地叫唤着，但没有人被叫醒。

下午两点到四点，这座城市睡意沉沉。桑迪普喜欢这宝贵的两小时，因为这段时间，天气酷热难耐，室外活动受限，小街小巷褪去了如潮的人流，一切陷入低潮。一条条街巷犹如沙滩上纵横的沟壑，一栋栋房屋犹如空旷的海滩上耸立的沙堡。而且在这两个小时内，茶馆里激烈争论的人们也暂时达成一致，彼此认同，不再言语。

从远处铁轨那边吹来一缕清风，使得阳台晾衣绳上的衣服突然晃荡起来，像五颜六色的波涛在起伏，又像飘扬的旗帜在昭示房子里幸福快乐的生活。

　　晾衣绳上有裤子、衬衫、衬裙、女式衬衫以及华贵艳丽的纱丽，每一件衣服都蕴含着各不相同又鲜明的主题，每一件都是生命和颜色交织的即将干涸的小瀑布。桑迪普经常看到萨拉斯瓦蒂把这些拧得像弯曲大蟒蛇般的衣服展开——衣服看起来皱皱巴巴，像满脸皱纹、脾气火爆的人，但第二天经过熨烫和常规的翻新处理之后，又焕然一新——以惊人的力气挥舞着手臂，让衣服在空气中剧烈抖动，以便挤出衣服里的最后一滴水，然后用夹子把衣服夹在晾衣绳上面。她的手臂张得很开，就像人们惬意地打哈欠、伸懒腰一样。

　　整条小巷睡意蒙眬，在静悄悄的房子里，人们中午吃过米饭、木豆和鱼之后，很快进入梦乡。下午是肠胃消化的时间，是吃饱喝足后，心满意足地闭眼休息的时间。此时此刻，在加尔各答所有阴凉的房子里，只有人们的胃还在兢兢业业地工作。走廊上没有人走动，没有声音；然而，当你把耳朵贴近一个酣睡者的肚皮，也许可以听到里面"咕噜噜"的肠鸣音。

　　但并非所有人都睡着，也会零零星星地有几个吃得不太饱的人在小巷里闲逛，偶尔还有一个女孩走到自家阳台上，似乎在晾衣服或者晾纱丽。同时，在隔着三栋房子远的地方，也可能有年轻小伙出现在阳台上，貌似在检查水箱。他们对视一眼，继续笨手笨脚地干活；然后再对视一眼，又继续笨手笨脚地干活；再对视……在炎热的下午，他们就这样一直羞涩又深情地对视！男孩直勾勾地看向女孩，多么坦诚！女孩虽然迅速回应了男孩，却总要稍微伪装一下。

在冷冷清清的茶馆附近，一个人力车夫正懒洋洋地躺在人力车的阴影中。他闲来没事，抬手在空中拍了几下。过了一会儿，桑迪普才意识到他是在打蚊子。"啪……啪……啪……啪……"他连打了四只蚊子。"啪……啪……"他又打了两只。这不禁让人想起一个笑话：一个男人脖子痛，就在街上停了一会儿，抬了抬脖子以减轻疼痛。他身边来来往往的人注意到他，以为他在观看空中什么好玩又重要的东西，便一个接一个地在他身边站住，伸长脖子，专注地往上看。与此同时，第一个人感觉好些了，继续走路，其余的人还在那里若有所思地盯着空中看……加尔各答的下午也会出现这种情况——第一个人已经漫不经心地走了，其余的加尔各答人仍然盯着天空中那充满魔力、其实空无一物的地方看，等待真相的揭晓。

他听到远处传来汽车的喇叭声，听到吼叫声，那一定是出租车司机在辱骂公交车司机。这是夜晚的第一次堵车，它来得准时，富有仪式感，波澜壮阔。两小时的宝贵宁静时间结束了，道路上又占满了私家车和拥挤的公交车；阿比和巴布拉马上要放学回家了。鸽子拍着翅膀，从屋顶腾空跃起，屋顶和阳台对它们来说，是一片纯净的天地。桑迪普想起明天就要跟妈妈回孟买了，还看见查娅在小巷的拐角，正在朝小舅家的方向走来，一定是擦地板的时间到了。

11

一年半以后，桑迪普再次来到加尔各答。在孟买，他父亲在公司又升职了。他们从大公寓搬到更大的公寓，从二十三楼搬到二十五楼，即这栋楼的顶楼。站在其中一个阳台上远眺，或者透过客厅窗户往外看，几乎可以俯瞰孟买全景——夜晚，万家灯火，星河一道；白天，小汽车引擎盖在阳光下闪闪发光。从这里看到的景色比以前从二十三楼阳台看到的景色更惊险，也更虚幻。这里没有声音，没有气味，只有纯粹的、永恒流动的画面。

距上次暑假过了一年半，正值冬天，桑迪普跟随父母来到加尔各答，但这次，桑迪普感觉与上次有所不同——如果博物馆的雕塑突然复活并走出博物馆，走进闪耀的人群，一定也会感知到这种异样。这个时候的加尔各答有些寒冷，人们用披肩、围巾、毛衣、大衣和各种羊毛外套把自己裹得严严实实。当你十二月份来到加尔各答时，你看见的第一种东西就是温暖厚重的衣服。加尔各答人做任何事情都是一如既往地喜欢做得太过。白天，走在大街上，你可以看到人们穿着披肩、羊毛衫、夹克衫一本正经的样子，感觉像参加化装舞会；夜晚，这里温度更低，乞丐用旧橡胶轮胎生火，围坐在徐徐燃烧的火堆边暖手。

由于桑迪普父亲的到来，这个假期更加其乐融融，充满新鲜感。他们把要做的事情和要看望的亲戚列了一张清单。桑迪普不厌其烦地问父亲各种问题，父亲不厌其烦地一一解答。此外，父亲有一辆公务用车，他不参加商务午餐的时候，他们就可以把它当私车使用。因为之前小舅已经不得已卖了以前那辆旧车，所以桑迪普父亲的车正好派上用场。桑迪普想起那辆又旧又破的"大使"牌汽车，很想知道它现在流落何处，谁拥有它。桑迪普想起仪表盘上的指针总是显示油箱没油，显示汽车当前行驶时速为每小时二十公里，他还记得车上的真皮座椅和摇摇欲坠的车门……

父亲的到来也意味着这次他们将住在乔林基路的大酒店。当然，公司将报销所有的费用。刚入住的时候，桑迪普对酒店的一切都感到新鲜、刺激。上午，他在有镜子和沙发的酒店大厅里探秘；下午，他坐在游泳池边朝外凝望；晚上，他在酒店餐厅边享用晚餐，边欣赏乐队演奏，观看情侣们跳舞；有时，他还会故意跟在穿着制服、手拿托盘的侍应生后面。但没过多久，这种新鲜感便消磨殆尽。因此，他厚着脸皮撇下父母，去小舅的老房子里跟表弟们日夜为伴。

老房子虽然变化不大，但终归还是有一点变化，也产生了一定影响。首先就是汽车卖了，这意味着小舅每天早上要更早起床，发出更大的噪声，更严重地打扰其他人。当他冲出家门去赶公交或地铁时，要比以前叫嚷得更大声。舅妈和萨拉斯瓦蒂曾经为了闪避他而练就的疯狂舞蹈动作如今要表演得更加疯狂，疯狂得不像舞蹈。晚上下班后，他不得不无数次地挤进混乱无序的队列里候车，不得不在拥挤的公交车上一路站立。等回到家时，他已经灰头土脸、筋疲力尽，但是当他晚上洗第二次澡时，嘹亮的歌声仍会在浴室里回响：

> 林荫小道上，奶牛扬起漫天尘土时，
>
> 是谁从我身边走过？我感觉跟她似曾相识。

每当他唱起这些歌，动听的旋律总会驱散空气中的阴霾，正如淋浴头流出的水会洗净他身上的污垢与尘埃。

这一年半的时间里发生的另一个变化跟阿比有关。他从一所孟加拉语学校转到一所英语名校。等他二十一岁大学毕业、开始找工作的时候，这次转学经历可能为他的前程锦上添花。他将不负社会对他的期望，成为一个说英语、头脑聪明、不苟言笑的男士，像香烟广告中那些成功人士一样，但他现在才十岁，前程看起来不容乐观。他对学习英语这门陌生的新语言感到吃力。有时，当他在课堂上答题时，老师会指出他写的答案不正确。他觉得英语是一个谜，复杂难懂又无从接近。在家里，他喜欢坐在书桌旁，面前摆着一本英语语法书，眼睛却茫然地看着后院的椰子树和教授家的阳台，一看就是好几个小时。因为这个习惯，他的朋友们给他取了绰号——"诗人""诗人阿比"……

冬天，昼短夜长。傍晚时分，家家户户用土灶烧木柴，炊烟袅袅升起，带着一丝神秘飘荡在小巷上空。阿比新聘请的家庭教师总是在这个时候登门，他每周一、周三和周五都会在太阳落山后，骑自行车过来。他进门时，阿比、巴布拉和桑迪普会在阳台上偷看，内心叫苦不迭。他头上细致地围着红色围巾，脸上最显眼的是他的眼镜，所以孩子们一眼就能认出他。他们从楼上往下看，觉得他有点像入室的窃贼——一个并无恶意但爱管闲事的窃贼。他进门后，会把围巾解开，整齐地叠成小块。阿比看他叠围巾看得入迷，好想他再叠小一点，永远叠下去，不要停。叠完围巾，他会爬上楼梯，边爬边喊："阿比，阿比，阿比……"他每次喊，第一个音节总会更长，更洪亮。
阿比会等到第一个音拖得特别长、变得有点气急败坏的时候，
才老老实实地跑到楼梯口问候他。如果恰好停电，阿比会提一
盏灯，站在楼梯口，看着老师抓着栏杆，摸索着上楼来，与此
同时，一团团巨大的阴影在墙上闪烁、晃动。

　　当家庭教师辅导阿比学习的时候，桑迪普和巴布拉就从
走廊偷看他们，毫不客气地评论家庭教师耳朵的大小。有时，
阿比会中途休息一下，去喝点水或者上洗手间，三个男孩得以
短暂相聚。于是，他们开始热火朝天地议论家庭教师，并且悄
悄地傻笑——他们也不确定到底在笑什么，但这并不能阻止他
们想方设法找乐子。过了一会儿，家庭教师会喊："阿比，快
回来看书啦。"这时，阿比的眼神会变得悲伤、阴郁，这是身
负重任的男人才会有的眼神。

　　当英语课开始时，读书声变得洪亮，英语句子和单词像
小炸弹一样在空气中炸响。

　　——这个男孩叫什么？
　　——这个男孩叫约翰。
　　——约翰晚餐吃了什么？
　　——约翰晚餐喝了牛奶，吃了面包。

——约翰为什么喝牛奶，吃面包？

这个问题没有回答，因为萨拉斯瓦蒂端着一杯茶和一盘黑乎乎的果脯进来了。家庭教师撤回到母语地带，说："啊，好茶！"在他像游击队一样勇敢地侵入令人头晕目眩的英语地带后，又能听到他说自然流利的孟加拉语，这真是让人开心。他喝茶时，房间里静悄悄的，除了激情澎湃的啜饮声，没有其他噪声。孤苦无助又昏昏欲睡的阿比从外语单词的狂轰滥炸中暂时解脱出来，房间里有一种战事平息、危险信号解除的气氛。

小舅的生意每况愈下，但是谁会怀疑这一点呢？孩子们肯定不会。他们生活在自己半虚幻的世界里，因为这个世界很大程度上建立在幻想基础上，同时它也处于半真实状态，这种状态可以感知，它的组织是由各种感觉构成的。等他们长大后，跟人讲起小时候的生活和成年后的生活时，小时候的生活似乎会像童话故事或神话传说一样美好。他们当然不会怀疑什么，徜徉在自己创造的静谧的世界里——这个世界是一张由声音、气味和颜色交织的网络。有一次，桑迪普半夜醒来，发现小舅站在不远处的窗台边抽烟。月色朦胧，一切有形之物似乎遁于无形，小舅和房间里的家具连成一片，像织锦反面那不甚清晰的图案，但一切也似乎消融于他鼻孔呼出的烟雾中。小舅听到桑迪普的动静，转过身对他说："莫纳，你还没睡着吗？很晚了，赶紧睡吧，去睡吧。"他的声音里饱含慈爱与自信，当他抚摸桑迪普的头发时，桑迪普也能感觉到这种深沉的慈爱。

冬天的加尔各答是最美的。上午十一点的时候不会太冷，萨拉斯瓦蒂在楼下烧好热水，缓慢又吃力地拎了几桶热水到楼上的浴室。孩子们在里面被剥光衣服洗澡，每次大人拿着杯子，从水桶里舀起热水，泼溅到他们头上时，他们都会大声喘气，感到既开心又恐惧。后来，他们浑身哆嗦，衣服还没穿，就跑进房间，站到窗前那片冬日暖阳下。妈妈或舅妈会紧紧抓住他们的脸，在他们毫无防备的脸颊上留下愤怒的手指印，然后带着谋杀般的快感，给他们一个个梳理湿漉漉的乌黑头发。此时，一只乌鸦突然发出一声惊叫。

"妈……妈……我头发分线有点偏了。"

"别动！"

一个女佣站在隔壁阳台上盯着这几个孩子棕色发亮的小屁股看，就像在观看一场小型表演。表演结束后，她很不情愿地把纱丽的下摆紧紧地绕在身上，继续干活。那只乌鸦刚才还饶有兴致地看热闹，这时也从窗户上飞走，去做更紧要的事情去了。空气中还残留着爽身粉和木槿花油的味道。

傍晚，小舅回家，吃了一顿简单的晚餐——把酸奶、爆

米花、香蕉片和糖搅在一起——这是孟加拉人最寒酸、最简单
的晚餐。他坐在阳台上，用调羹舀着碗里的东西吃，这味道让
他想起了童年——他第一次吃到这种混合食物就是在那时，是
母亲用手指搅拌而成的。每次他将一小团酸奶送入口中，耐心
地咀嚼爆米花时，就回味起童年时光。他的童年充斥着酸奶的
酸味、蔗糖的甜味和香蕉的涩味，还有母亲的手指留在食物上
温暖的味道，仿佛他的记忆不是停驻在脑海中，而是停驻在舌
头上小得看不见的味蕾中。此时，他周围突然响起一阵喧闹
声，声音随后又消散在小巷中。

然后，他去了浴室，开始唱歌。桑迪普的父母会坐小轿
车从大酒店过来，大舅和姨婆也会坐人力车过来。如果阿比不
够幸运的话，他的家庭教师也会骑自行车随后赶到。屋子里即
将响起阵阵脚步声，洋溢着欢声笑语，弥漫着檀香的味道。檀
香燃起的轻烟飘到小巷里，笼罩着一栋栋房子衰败的外墙。在
巷子的拐角处，几个男孩借着路灯，在一个方形的小草坪上打
羽毛球。整个世界的运转是慢节奏的，羽毛球的起落也是慢节
奏的。

桑迪普和表弟们跑到阳台，探寻外面那片广阔天地。他
们抬头望见明月高悬，繁星满布；夜空朗净，云朵低垂；河面
上的雾霭悠悠弥散，飘过街道，迷蒙了万家灯火；一座座房子

仿佛矗立在雾气氤氲的小岛上。桑迪普认为住在火山口一定是这种感觉，火山的烟气让你昏昏欲睡，火山爆发前的每一天都可能是末日。他走下楼，听到大人们喝着茶，谈笑风生。萨拉斯瓦蒂关上窗户，免得蚊子飞进来，也防止外面的雾气飘进房间。小舅在浴室和着水花飞溅的声音引吭高歌。桑迪普想叫他们通宵讲故事，因为火山爆发的这一天终于来了。但是，当萨拉斯瓦蒂关上所有窗户后，他觉得灯光璀璨的房间有一种安全感，觉得房子就像最聪明的人亲手建造的坚固耐用的方舟一样，能够载着他们随波逐流。这时，小舅在浴室高声唱道：

　　我已忘记，你是否记得我。

（水流泼溅的声音）

　　瞬间过后的瞬间，我来到你门前，无故放声歌唱。
　　时光流逝，我心如故；如果有过曾经，我发现曾经在路上，你我近在咫尺。

（两次水流泼溅声）

我渴望看到，你讶异后平静的脸上绽放笑容。

所以我才无故放声歌唱。

　　又一阵很大的水流泼溅声响起，接着是排水声，然后无声，因为他在擦干身体。然后，歌声再次响起：

春花飘落一地，春天即将远去。

它充实了瞬间，无须再多了解。

夜色深沉，灯光渐灭，歌声止歇，乐器声停。

我仍在原地，你何不让我的木筏满载幸福而去？

所以我才无故放声歌唱。

　　除了小舅的歌声，房子里还有其他声音：萨拉斯瓦蒂在另一个房间关窗的声音，舅妈端着两杯茶上楼的声音，大人们聊天、沉默、聊天、沉默——如潮涨潮落般的声音。

12

第二天，小舅心脏病发作（医生后来澄清说，不是心脏病发作，是心脏痉挛。心脏的跳动有其自身的规则和细微差别）。大概是上午十一点半，孩子们洗完澡出来，舅妈在祷告室，吹响海螺，摆好水果、巴塔沙等用来敬神的供品。小舅本来准备赶公交去上班，他站在水池边擦洗胸脯，喉咙突然发出古怪的声音。

当时的一切都很美好：萨拉斯瓦蒂在给孩子们梳头；隔壁邻居家的女佣像往常一样在阳台上闲荡；苍蝇在镜子前优雅地跳舞。太阳刚要出来就又躲回云层里，天空忽明忽暗，阴晴不定，就像大鸟从太阳边飞过，徐徐拍动的翅膀遮住了部分阳光。桑迪普的妈妈打算坐车从大酒店过来。司机会按喇叭，告诉大家她到了，之后，她会带他们出去吃午饭，小舅也可能搭他们的顺风车。桑迪普想象着车子里塞满了人，大家一路叽叽喳喳地谈论一些有趣的琐事。

但现在，小舅突然心脏病发作，所有计划不得不改变，跟之前完全不同。谁都没有料到，他会痛得在床上打滚，发出奇怪的呻吟声，拼命撕扯自己的衬衫。纽扣跟衬衫脱离，像成熟的豌豆荚一样爆裂，散落到地板上。他跳起来，又倒下去，滚来滚去，像杂技演员在做奇特的动作，以吸引孩子们的注意力。孩子们张着嘴，盯着他，猜想也许他随时都会跳起来，碰到天花板。萨拉斯瓦蒂仍然在给他们梳头，脸上带笑，像婴儿在动物园观看老虎一样，但是她的手在颤抖——仿佛只有她的手才了解眼前的恐怖。

她轻声唤道："大哥……大哥……"

他咆哮着，手中的衬衫被撕扯得发出长长的嘶嘶声。随后他安静下来。萨拉斯瓦蒂手中的梳子掉落在地，但没有断裂。她往前冲出去，白色的纱丽从肩头滑落，像一面倒地的旗帜。她大声地呼喊着桑迪普的舅妈。祈祷室传来海螺声，它依靠人类呼吸吹响，雄浑有力，让人以为房子的墙壁会震得垮塌。此外还传来铃铛声，这是祷告进行到一半时最主要的音乐。然而，在萨拉斯瓦蒂发出紧急呼叫之后，这两种声音戛然而止；远处传来碗碟打翻或倒扣的声音，接着传来赤脚走路发出的轻柔而匆忙的脚步声；甚至在更远的地方，在听力可达的范围内，有小汽车在巷子里一遍遍按喇叭的声音。

小舅不想去医院，坚持说："只是胸闷。"舅妈和桑迪普的妈妈只能无奈地摇头。孩子们像遥远的卫星一样悬浮在自己的轨道上，担心撞入成年人痛苦的生活轨道，但偏偏事与愿违，他们总是不经意间就被强行拉入成年人的轨道。萨拉斯瓦蒂坐桑迪普爸爸的商务车去请医生，因为这个地区的电话总是打不通。因为停电，桑迪普的妈妈开始拿报纸给弟弟扇风。小舅还安慰她："没事，什么事也没有。"他开始批评政府无法解决电力短缺问题，然后开始呕吐，呕吐物在地板上积成一摊黄色小水洼。他指着水洼说："这就是罪魁祸首，是今天吃的早餐。"他胜利了。医生带着许多仪器、虹吸管和导管赶来，一来就按压一种气泵，做各种抢救准备，并对小舅说："吸气呼气。"接下来，医生补充道："心电图。"他的助理，一个少年，立即拿出一捆电线，医生把电线连接到的小舅身体上。电线像是从小舅的皮肤里抽出来，然后盘绕成圈的神经系统，又像从他的手脚里面长出来的纤细的块茎状植物。他旁边有一个正方形机器时不时发出单调的嗡嗡声，机器吐出一张长条形的纸，像一根无限长的舌头，纸上画着一个个有趣又破译不了的图形。此刻，医生盯着这张长条形的纸，因为接下来要根据纸上的神秘代码决定治疗方案。医生看完，吐出两个字："医院。"突然，来电了，风扇开始转动，发出平和的呼呼声，将一股清风吹到他们脸上。当他们试着把小舅扶上车时，发现他无法站立。医生和桑迪普爸爸的司机不得不上前帮忙，两个人每人抓住小舅的一只手臂来绕在自己的脖子后面。舅妈号啕大哭，她哭的方式很奇怪，用纱丽宽松的下摆捂着脸，把它当围巾一样蒙住嘴巴和鼻子，像是感到寒冷一样。小舅笑着说："别傻了。"孩子们站在那里，看着不同的脸孔、衣服、嘴唇、眼睛、时而急促时而平静的动作，还有大人眼中喷涌而出的泪水，那是奇怪的成人的眼泪，咸咸的，蕴藏着不为人知的经历。

去医院的途中，小舅再次发作，他在公务车上呕吐。司机又遇上堵车，只有无奈地摇头。他见过自己的哥哥曾经出现这种症状，半个小时后就去世了，他的父亲在村里死于另一种不同的疾病——霍乱。见此情景，他开始想念父亲，想起父亲临终前几个小时，自己无能为力的情景。

在医院，他们把小舅送入重症监护室吸氧。亲戚们坐着不同的交通工具陆续赶到医院。有坐人力车的，有坐有轨电车的，还有坐出租车的；有些是单独过来，有些是全家出动，还有些是跟朋友一起；有些刚洗过澡，头发还湿漉漉的，闪着亮光；有些还没来得及刮脸，脸颊上还有胡楂；有些穿着新衣，有些穿着睡衣；有些已经向单位请了一天假，有些过来时并未声张。他们一个个，或者一家家地走进来，坐在等候室，或沉思，或询问，或用村里的土话交谈。后来，住得最远的亲戚开始聊他们手头的工作，聊他们儿子的工作，以及女儿们的婚事等。白天很短，才几个小时天就黑了，等候室的灯光亮起来，亲戚们仍然坐在那里聊天，时不时从烧瓶里呷上一口酒，吃纸袋子里干硬细碎的糖果，裹紧一下披肩，像在山间避暑吃野餐一样挤作一团。

大舅和桑迪普的父亲大部分时间都在跟医生和心脏病治疗专家沟通，此时他们表情严肃地走下楼梯。

有人问："他怎么样？有希望吗？"

第二个问题稍微有点不礼貌。为什么大家都想知道他有没有希望？死亡并不是赛马，不应该去猜结局，不应该想赌注的输赢——大家只需要了解每个时刻的基本情况。

桑迪普的父亲说："他还没有脱离危险。"

这时，一个女人开始没头没脑地尖声哭号。

大舅喝了一声："住嘴！"但焦虑感还是如涟漪般在亲戚心中泛开。舅妈和桑迪普的妈妈低声细语地互相安慰着对方，还有人打开小晶体管收音机来收听新闻。收音机里传来轻微又利落的声音，播音员正口齿清晰地播报不同国家、不同城镇的名字，以及发生在那些遥远地区的大事。收音机里宣扬着一个政治清明、政府有为的美好世界，这个虚幻的世界让大家的情绪有所缓和。孩子们很快就分散开来做游戏，火急火燎地穿过医院明亮的走廊，模仿忙碌的医生，迅速查看病人的病情，被一群密探般的探病者团团包围。他们走到医院大门口，跟长着小胡子的看门人交朋友。看门人穿着卡其制服和工作鞋，戴着工作帽，手里拿着一根长棍，好似一个司令——在故事书里司令代表魅力四射的人物。孩子们在医院操场上宽阔、茂盛的草坪上游荡，在花园里的灌木丛和树下探险。他们带着审美家的辨别力，很快意识到医院可以成为他们的游乐场——一个从未到过的游乐场。在这里，有趣的地方数不清，也玩不完。他们进医院时看见了救护车，现在，他们在停车场捉迷藏。探病者和病人亲属的车子一排排地停在这里，一辆又一辆车代表着一位又一位病人和一个又一个焦急的家庭。有些车关闭着车窗，有些车里有司机在打盹，有些车的挡风玻璃反射着落日余晖和大片云朵的影像。这些云朵在车子上空经过时，就像漂浮在蓝色的海洋上一样，美丽而壮观；云朵投影在挡风玻璃上，如同投映在屏幕上。在光线渐暗的黄昏，这些车静静地停在那里，仿佛在沉思冥想。孩子们在过道穿梭闲荡。桑迪普和阿比蜷伏在车的阴影里，巴布拉犹豫不决地呼喊他们的名字，寻找他们。

渐渐地，亲戚们一个接一个地离开医院，消失在他们自己

的生活中。其中，有一个单身独居的年轻人打算在医院过夜，
以防出现紧急情况。他勇敢地坐在那里，脖子上严严实实地裹
着一条围巾，像害羞的女人裹着纱丽一样。桑迪普的父母、舅
妈、姨婆和大舅先上车，孩子们坐在大人们的膝盖上，不安分
地动来动去。今晚，他们都将在老房子里过夜。

回家途中，气氛显得艰难而凝重，如同要适应突然变得
不真实的生活方式那样艰难而凝重。吃晚饭时，他们吃得很
慢，几乎没什么胃口，但喝了很多杯水，似乎有难以抑制的口
渴。之后，他们上楼，躺在床上聊天，聊着聊着就慢慢失去意
识，睡着了。

在他们睡着前，萨拉斯瓦蒂给几张床都挂上了如波涛般
起伏的大蚊帐，因为这里的冬天也有蚊子。在这个房间里，古
老的棕色家具、挂在衣架上的衣服、墙上的老蜥蜴、大衣柜上
的时钟和收音机、照片以及桑迪普外公和外婆的肖像，都围绕
着他们。这给他们一种这些物品总是存在于现在的感觉，让他
们感到安慰的是房间里有这么多东西，这些东西没有过去也没
有未来。其实，房子本身是永恒的，没有开始也没有结束；家
具和墙上的蜥蜴代表另一个世界，这个世界的东西处在一种平
静、无法违背的秩序当中。窗外，人力车夫唱着跑调的歌曲，
在寒冷中就着面前生起的一堆小柴火，拍手取暖。

跑调的歌曲和拍击的手掌也属于另一个世界，一个无底的世界。在这座城市，冬天的烟雾停留在房子中间，像巨大的蜘蛛网挂在房子中间，或者像一张具有防护作用的漂亮蚊帐，把房子罩在里面，把黑暗挡在外面。烟雾让房子保持温暖，弥合墙面的裂缝，驱散夜晚的梦魇和白天的记忆，它也是那个黑暗世界的一部分——这个黑暗的世界就在人类痛苦生活的周围运转。

深夜至天亮，温度低，寒气重，所以阿比、巴布拉、桑迪普和姨婆去大床上睡，大床上有质地柔软的大被子，制作这床大被子的人也许有着面包棒一般粗的手指。被子上有类似于壁画的图案，这些图案甚至在黑暗中仍然流光溢彩。蚊帐的四根柱子像船的绳索一样固定在四个床角，他们把系在四根柱子上的带子解开，将蚊帐放下来，钻进温暖的被窝。被子像一个宽敞的洞穴，他们的脚可以在里面漫步，像欢快的小熊一样急跑。被子外面寒冷，里面温暖。他们身体紧挨着身体，像蜷缩在母亲黑暗但安全的子宫里面的三胞胎。这时，有人熄灭了电灯，蚊帐像白帆一样微微发光。今天是充满变故的一天，但孩子们除了有一点朦胧不清的印象，基本上已经忘记了悲伤。他们完全屈服于当前的感觉，屈服于这艘扬着白帆的大船，这艘船正收起船锚，漂向另一个港湾。

　　最后的结果是，小舅大难不死。当然，孩子们也从没想过他会死——事实也没有超乎他们的想象——虽然阿比和巴布拉知道父亲生病了，但在内心深处还是坚信他不会死。当他们紧绷着脸、表情严肃时，更多的是因为喜欢模仿大人们严肃的表情，而不是因为担心父亲。这种严肃对他们来说是一种新奇的体验。

　　当然，很多大人也相信小舅能够挺过来。在某个时刻，医生曾经确信他有生命危险，但等候室的亲属们并不相信死亡。死亡像奇迹，也像穿过针眼的骆驼。一个有血有肉的人怎么会突然消失在一个肉眼无法看见的小圆点里面呢？对认识他的人而言，他是如此重要。这是不可能相信的奇迹，这个奇迹之所以发生，是因为想象力丰富的人更容易相信这些并不存在的东西是存在的。他们相信神灵、天使或魔鬼是存在的，而不愿相信一个真实存在的人可能会停止存在。

　　白天，亲戚们又浩浩荡荡地来到医院，跟以往一样聚集在等候室。太阳下山后，几乎所有人都没有走，仍然守候在那里，用一种无法言说的方式让自己派得上用场，或者用一种感人的方式昭示自己起不了作用。在规定的探视时间内，人们可以进重症监护室，但一次只能进去一个，每个人手里都要拿一张小票。轮到桑迪普时，他跨过两段台阶，穿过台阶尽头的一扇门，通过一条长长的走廊，进入病房。他看见小舅躺在一张高床上，身上盖着床单和毯子。小舅看到他时，脸上微微一笑，以示欢迎。小舅的病床周围还有其他病人，疲乏或松弛地躺在床上，你简直可以认为他们并不存在。房间里阴暗凉爽，像办公室那样井然有序，仿佛马上要举行一个奇特的董事会议，只不过董事们是无声地躺在床上，而不是坐在椅子上。桑迪普不知道要跟小舅说什么，紧张得都无法直视小舅，他担心自己会看到小舅头顶多出一圈光晕或者耳朵后面长出一对犄角。最后还是像往常一样，由小舅先开口。他轻声跟桑迪普说了几句，让他放松下来——病人应该让探视者精神振奋，而不是让探视者紧张无措——他试着缓解气氛："莫纳，你最近做什么了？"

　　"没做什么。"

　　"最近看电影了吗？"

　　"没有。"

"读了什么有趣的书吗？"

"没有。"接着桑迪普沉吟了片刻，害羞地补充道，"对了，下星期操场上举办一个书展，我们打算去看看。"

小舅笑了笑，头挨着枕头看着他。他现在可以重新了解他的外甥、儿子、哥哥、姐姐还有妻子，柔声询问他们一些琐碎的问题，重新认识并熟悉他们，重新发现他们的一些怪癖。他早就知道他们有这些怪癖，但从未觉得这一切是多么美好。现在，他已经从死神的魔爪中挣脱出来，意识到自己经历的只不过是动作和语言组织的抽搐和痉挛，而这些小小的抽搐和痉挛也是生活的一部分。当他意识到这一点时，感到体内有一股喜悦的暗流在涌动。

"你打算买什么书？"

"我不知道……也许是玄幻小说或鬼怪小说，带精彩插图的那种……"

小舅开始回忆每年大概这个时候在圣保罗大教堂附近操场上举办的书展，想起一个个展位；想起临时搭建的书屋；想起具有浓厚宗教特色和信仰的人们在外面排起长队；想起川流不息的人群在浏览和筛选书籍，他们随手翻开又合上，看看这本精装书，又瞅瞅那本织物封皮书或者平装书。他经常遇见大学时的老朋友带着孩子在人群中闲逛。有一次展会结束时，这个纸板搭建的微型棚户区被拆除，书籍撤走，人群散去，操场上重归空寂，如一个精致又壮观的海市蜃楼——一旦你靠得太近，它就立刻化于无形。

"莫纳，你们学校什么时候开学？"

桑迪普故作厌学地说："还有两周就开学。但妈妈跟我说，我们在这里再待一个月，等你身体好转再走，这样我会落下两周的课。不过爸爸会写信给老师请假，应该没问题。"他说这番话的时候语速飞快，等一股脑说完后，才感到心情愉快，如释重负。

小舅说："哦，我明白了。如果你在这里觉得无聊，可以写作业。"

桑迪普觉得是时候巧妙地转移话题了。他举起手里一直紧紧抓住的小纸盒，说："这是妈妈给你的。里面有一块从萨亚纳亚商店买的糖果，医生说你可以吃。"

"哦，糖果……太好了，太好了。"他打开盒子，盒子中间放着一块酥脆的白色糖果，它是用松软干酪和奶粉做成的，形状像条小鱼，身上长满乳白色鳞片，有一对乳白色小眼睛，嘴巴微张。桑迪普离开后，小舅在黑暗凉爽的重症监护室里吃这条香甜酥脆的小鱼，很快，小鱼就像变魔术一样从他手里消失了。随后，他开始不怀偏见地注视着病房里的同伴们，他们相聚在这个现世与往生之间的重症监护室，有些人鼻子里还插着细细的氧气管。他又低头看了看那个小纸盒，看到纸盒的一侧用俊秀飘逸的孟加拉语字母写着"সন্দেশ（糖果）"。

这几个字母弯曲起伏，没有一点静止的感觉，曲折的线条凝成它们特有的动感。看到这几个字母，他想起加尔各答，想起自己的生意，想起人行道上的行人，想起早上赶去上班的人和晚上下班回家的人，想起读书的孩子们，想起茶馆里的争吵，想起无数意想不到的豪华房间，想起多姿多彩、灯光绚丽的节日……他想回加尔各答的家，那里的一切都像这几个字母一样灵动飘逸、轻舞飞扬。可此时，他却跟几个一动不动的人一起躺在这重症监护室里。想到这点，他就觉得心力交瘁，渴望回归正常生活。

几天后，小舅从悲伤压抑的重症监护室转到一间中等大小、阳光充足的单人病房。医生对治疗效果感到满意，护士也欢欣鼓舞，亲属们更是感激涕零，但仍不敢掉以轻心。舅妈和桑迪普的妈妈现在被允许给小舅带一些家常饭菜。例如：用一大汤匙油煎煮的淡水野鲮鱼，不放盐和辣椒，但可以放少许姜，放些黑色小茴香籽等比较温和的调料，以增加食物的风味与色泽。女人们似乎重拾快乐的心情，在家里又有了用武之地。她们在厨房里转来转去，一下子全神贯注，一下子又六神无主——当诗人和作家想要把某种稍纵即逝的灵感迅速转化为确切的文字时，就处于这种矛盾的状态。当鱼散发清香时，她们满意地深吸一口气，仿佛微妙的灵感乍现后，给她们留下了成就感。看到她们重新找回自我，真叫人开心。在过去的两周，她们只谈论费用、失误和希望，并且大多数时间谈论过去和未来；如今看到她们又回到现在，尊重并改造现在，真是让人倍感欣慰。在过去的两周里，她们夜晚躺在床上时，一直睡不着，心里十分烦躁。身子翻来覆去时，手镯相互碰撞，发出清脆的叮当声。夜晚让她们只能在蚊帐后面独自思来想去，想婚姻生活的点点滴滴，想姐弟之间的趣事与不快。但是，黎明到来，城市的第一阵声音响彻天空——这是一种古老的声音，太阳照在霜凝结成的水珠上，报童和地铁的工作人员继续工作，厨房传来萨拉斯瓦蒂咣当干活的声音，乌鸦站在窗台上哑哑叫唤时，她们的内心才感到平静、安全。她们在忙碌喧嚣的早上，开心地睡去。城市的噪声淹没了她们头脑里的噪声，使她们安然入睡。这就是她们过去两周的生活。

小舅对新病房很满意，心情也越来越好。病房里有杂志看，甚至有一个小晶体管收音机，可以用来收听新闻和体育评论。晚上，探病的人络绎不绝，单单看到探访者身上穿的各式各样的衣服，小舅就感到无比高兴。医院里满眼都是白色：白裙子、白帽子、白外套……在看了一整天的白色后，他发现自己会留意纱丽的细节、围巾上微妙的颜色渐变或者不同时代的人所穿裙子的差异，而在此之前，他从没花过心思注意这些。当妻子来看他时，他首先注意的是她身上穿着带红色宽边的穆希达巴德①丝绸纱丽。纱丽激发了他潜意识里的某种能力，让他脑子里能够回放童年时期的模糊影像——下午穿纱丽的女孩放学回家的情景、他母亲站在阳台弯腰给盆栽的罗勒树浇水的情景……他仿佛重新变成孩子，从令人吃惊和不安的影像中看见许多东西。如果孩子能够记住并记录出生后的第一印象，也就是当人们一个接一个倾身到他的小床边看他和打量他时，孩子对颜色、气味和面孔的第一感觉，如果孩子能够复述他来到这个世界第一天的情景，那他所记录和复述的会跟小舅脑子里回放的那些模糊影像相似吗？

下午有一段时间，小舅打完瞌睡醒过来后，发现自己面对着一堵坚硬、光滑的墙壁。起初，这令他十分惊讶。渐渐地，他意识到这就是他看到的未来。未来就在那里，在那堵光滑有形、洒满阳光的墙上。从那个冬天的早晨他离开家开始，他似乎要年复一年地面对这堵墙，直到终老。他告诉自己必须从头

①　穆希达巴德（Murshidabad）：印度小镇，曾经的孟加拉首府，坐落在恒河支流帕吉勒提的岸边。

再来，他轻蹙眉头，竭力想用当初读书时解决第一道数学难题的方法来解决目前这个难题。他告诉自己，一定要从头开始，尤其是为了孩子们。他结婚晚，生活起步晚。他要对比自己年轻好几岁的妻子负责，要对孩子们负责。毕竟，孩子们还小。

但是，突然有探病的人进来，他无暇思索，不得不忘记自己刚才想的事情。生病也是一种娱乐，一种牵涉许多人的公共礼仪。自从他结婚以及以优异的成绩拿到学士学位以后，就从来没有见过这么多人聚在一个房间——有时会多达三代人。那他又结了一次婚吗？又拿了学位吗？他在做梦吗？这些人仿佛是来祝贺他，而不是来慰问他。他们谈笑风生，有时也会流露出悲伤的表情。他们喜形于色，有时也会表情凝重。他们总能拿捏好分寸，掌握好平衡，这真叫人不可思议。

　　每天傍晚，都有正在康复的病人坐在轮椅上，由护士推着在花园里到处转转。有时，护士会小心翼翼地紧扶病人的肩膀，让病人自己慢慢走一下。病人穿着宽松的白衬衫和白睡裤，一小步一小步，慢慢吞吞、犹豫不决地走过树下，就像一个巨人小心地从一个洲跨到另一个洲，生怕践踏到无形的城市或文明。孩子们敬畏地看着他们，还带着一种自己未曾觉察的情感，那就是怜悯。每个病人看起来都像亚当——从伊甸园里被驱逐出来，如今老了，被允许重新进入圣园，重新学习过去的生活方式和身体最简单的动作。

　　晚上，他们跟小舅道别后，穿过加尔各答有路灯的小巷子，往家里赶。他们看见这些巷子，会暂时忘记自己的生活，思绪暂时回到城市的影像中，并与之融为一体。即使到了夜晚，街道上也热闹非凡，如同影院，到处都是演员，有正式的，也有临时的，如莽撞的小狗、躺在小巷中间讨人厌的奶牛、吵

架的家人、闲聊的老妇人、追逐猫的孩子、没接到生意的人力
车夫，以及正在高唱圣歌的毗湿奴派信徒等。当他们透过车窗
往外看时，被一种幻象吸引，内心的惶恐不安也渐渐平息、消
散，他们仿佛融入一项似乎是全民参与的模糊而伟大的事业
当中。

当他们经过一些小巷时，看见几户人家在举办婚礼，看
见人们从小汽车和人力车里出来，手里拿着礼物，朝缠绕着花
环和华彩装饰物的大门走去。大门里面传来悠扬的唢呐声，声
音里既有悲愁，又有安宁，还带有人声特有的哀伤。小巷回荡
着拉格曲①商羯罗或巴拉威的音符，桑迪普、阿比和巴布拉听
着听着就睡着了，桑迪普的头抵着巴布拉的头，巴布拉的头又
抵着阿比的头，仿佛三个人在做着同一个梦。

临近一月底，加尔各答人忙着庆祝萨拉斯瓦蒂女神节。
在每一条小巷的每一栋房子里，人们都在一丝不苟地准备供
品，献给美丽的艺术和知识女神萨拉斯瓦蒂；学生们会随手在
纸上写一百零八遍"女神萨拉斯瓦蒂"，希望女神保佑他们通
过考试；画家可能会为他们的画作默默祈祷；音乐家为自己的
音乐祈祷；作家可能会默念"保佑这本书和这些文字"，请求

① 拉格曲：印度音乐中的传统曲调。

女神保佑他们的新书热卖。萨拉斯瓦蒂骑着天鹅，用修长的手指专注地弹着七弦琴，聆听着每个人的心愿，但从不给人任何承诺。

舅妈也拿来一尊小小的陶制女神像，打算为小舅的健康祈祷，尽管这并不在女神的管辖范围内。但人们单是看见她，都能感到安慰。女神看起来善良仁慈、娴静自若又宽容大度，她端坐房间一头，像个羞答答的新娘，胆怯得不敢跟家人说话。这个艺术和知识女神一定能领会舅妈的祈祷。

她们特意用米浆在神像前面的地板上画了一些大大小小的圆形和几何形图案，把地板装饰一番。女人们穿着浆洗过的新纱丽，纱丽鼓起来，像长在她们身上的羽毛。棉布蘸上米浆后，质地变得像土豆薄饼一样酥脆。当她们弯腰在地板上画图案时，白浆从她们的指缝渗漏出来。她们时而躬身，时而站起，纱丽的下摆像翅膀一样轻轻扫过身后的地板。你看到她们，会联想到几只小鸟，在林中空地上动作僵硬地跳舞。桑迪普看着地板上白色的圆环和间隔开的群星，好奇地问：

"这个叫什么？"

舅妈回答："阿尔帕纳。"那一刻，她的声音低沉而遥远。桑迪普想起曾经认识的一个名叫阿尔帕纳的女孩，她从来都安静不下来。现在他领悟了这个名字的含义，虽然他不懂如何处理这种意料之外的知识，但还是感到一丝不易觉察的快乐，因为一个词的含义在他脑海中诞生，又转瞬消逝。

阿比总是抓住萨拉斯瓦蒂满是皱纹的手，捉弄她。他故意指着神像，质问她：

"萨拉斯瓦蒂，那是你吗？那是你吗？"

萨拉斯瓦蒂大惊失色地叫道："不要乱讲！"

房间笼罩在孩子亵渎神灵和大人虔诚敬神的氛围中。舅妈吹响海螺，空气中弥漫着檀香的味道，她用爆米花、牛奶、香蕉和西米种子做成的供品盛在光滑透亮的小碗中，分给屋里的每个人——大舅、姨婆、桑迪普、桑迪普的父母、阿比、巴布拉、顺道进来看看的清洁工、女神萨拉斯瓦蒂和女佣萨拉斯瓦蒂，当然，还有舅妈自己。她特意留了一点，用一个不一样的碗盛好，准备带去给住院的小舅。虽然小舅并不信神，但他喜欢敬神的仪式和供品的味道。

到了二月的第一周，小舅得知自己可以出院了。医生专门在小舅的病房里举行了一个小型而严肃的会议，用祭司般的语调和每个人都能听清的音量对他说："尽管你可以回家了，但你必须从回家这一天开始，尽量改变生活方式。"尽管每个人都在用心聆听，但他还是像慈爱的兄长般往前倾了倾身，叮嘱小舅，"你太容易激动，对琐事过于热情。你必须让自己的心更安宁，更冷静。从现在起，你必须过一种更有思想、更有规律的生活，不要受某些事情牵绊。"他笑了笑，接着说，"你会习惯新的生活方式的。"然后，他收起笑容，又重复了一遍，"你会习惯的……你回家后再卧床休息一周，花点时间看看书，听听音乐。你务必打开收音机听听体育评论，但不要对比赛结果太过激动。"他停顿片刻，狡黠地笑着问，"东孟加拉队和莫亨巴根队，你支持哪个？"小舅心虚地回答："莫亨巴根队。""好，从今天起，你必须两个队都支持。"说完，他环顾四周，期待大家对他这个明智的建议表示赞许，如他所愿，其他人茫然而谄媚地笑了起来。医生继续说："不要吃过于油腻的食物，饮食中少放盐，不要上下楼梯。等你生活恢复正常后，头两周，你必须上下楼，但一次只能走一步，每次间隔十秒。"他笑了笑，一字一顿地重复了一遍，"一——次——只——能——走——一——步。"

在医院的花园里，鼓槌树已经开出白色的花，再过一个月，凤凰树也会爆满橘红色花朵，形成一片浑然一体的橘红色花团，在花枝上颤动。这会让你联想到这样一个壮观的景象：火山瞬间喷发又瞬间归于平静，而未待溢出的岩浆留在了火山口。杧果树上挂着还未成熟的绿色小杧果，蜜蜂飞来飞去，像被无形的丝线控制着。小道上长满浓密的嫩叶，住院的病人像往常一样，穿着宽松的白色衬衫和睡裤，在小道上散步。桑迪普从灌木丛后面看着他们，想起大舅跟他讲过的鬼怪故事。那些鬼怪在全世界游荡，去触摸、观察这个世界，去闻这个世界的味道，但他们自己是无法被人闻到、触摸到和观察到的。他们从有形的东西中获得快乐，然后把这些东西融入他们的来世中。

一只噪鹃躲在树林的某个地方，开始用清脆、尖厉的声音歌唱，直到另一只噪鹃回应它的求偶呼叫。这样一来，当病人散步的时候，花园里会有鸟叫声互相回应，形成一个音乐回声系统，孩子们会停下来聆听。

咕——呜——

咕——呜——

咕——呜——

这种呼叫声包含"询问"和"疑惑"的意味，但有时又像感叹，所以它的发音既可以是"咕呜？"又可以是"咕呜！"就好比一个孩子，还没有学会说话，但又想指着什么东西给大人看，所以在这场没有语言的交流中，只能用音调的变化来询问大人："你看见了吗？"然后肯定地自答，"我看见了！"

噪鹃本身是看不见的，尽管桑迪普和表弟们循着不间断的呼叫声从一棵树找到另一棵树，但他们从未发现噪鹃。虽然带着询问与肯定语调的呼叫声一遍遍地从树叶中响起。但除了叫声，噪鹃似乎根本就不存在。他们跑上楼，去把噪鹃的事告诉小舅。

小舅正躺在床上，跟桑迪普的妈妈说话。阿比跟父亲说："爸爸，我们今天听到噪鹃叫，声音好有趣，它一直在唱歌。"

小舅问："那你们看见它了吗？"

"没有，爸爸。我们试了，但没看到。"

阿比的父亲说："那就回去再找找。等你们看见了，再来告诉我它长什么样。"

小舅的话听起来像神话或寓言故事里的指示——老国王命令儿子去给他找智慧果，又或者是大力神赫拉克勒斯接到最困难、最无望的任务。于是，三个男孩又下楼去花园找噪鹃。一个小时以后，他们完全忘记了自己的任务，直到他们在玩捉迷藏游戏的时候，阿比意外看到了那只噪鹃。当他到花园最里面找一个地方躲藏起来，不经意抬起头的时候，他看见它坐在一根高高的树枝上，正在啄凤凰花。这棵树比起其他树来，显得光秃秃的，所以一眼就能看见。它身体修长，颜色乌黑，有一根逐渐变细的长尾巴；它给人的整体印象是体形漂亮、气质端庄。阿比紧急召唤桑迪普和巴布拉，他朝树上指了指，低声说："这一定是它。"

桑迪普问："是什么？"

阿比说："你看……"

桑迪普抬头看了看，立即反应过来。

他充满敬畏地说："它跟乌鸦一样黑，但比乌鸦好看多了。"

阿比小声地补充道："它吃橘红色的花。"

可惜的是，它一定发觉几个男孩在看它，因为它停下来，不再吃奇怪的食物，飞走了——实际上不是飞走了，而是消失在有形的世界里。当他们看它时，发现它有点羞涩，还遮掩着自己的眼睛。

那些故事

三月底的路

　　这条马路又宽又长，是一条交通主干道。马路两边是鳞次栉比的商店、药店、珠宝店和影院，中间是两条高出地面的电车轨道。

　　在进行地铁施工建设的时候，加尔各答开始到处挖开路面。这条路的大部分路段被临时挖断，因此也就无人光顾两边的商店或影院，慢慢地，它们也都关门歇业了。随着工程的推进，在许多建筑物（有些已经有七八十年的历史）前面，大量的碎石堆积如山。一群流浪者——身无分文的穷人、无家可归的工人以及第三次印巴战争①的难民，在废弃的电车轨道边缘安起了家——所谓的家，不过是用塑料板搭起来的、里面只有一些烧焦的炊具、勉强能安身的地方。十年后，地铁基本完工，这条路又恢复使用，路边的商店也重新开业，好像什么都不曾

① 第三次印巴战争：1971 年发生在印度和巴基斯坦边境的战争。

发生，那群流浪者也如幻影般消失得无影无踪。

但是，这里还有一段路被一小堆占据要害处的碎石阻断，仍处于封闭状态。路边有一个教堂，立着几根大柱子，屋顶有一个孤零零的十字架，像个舞台道具。一位老人整天坐在一个废弃的加油泵前面掏耳朵。过去的一些粮店如今空空如也，只剩玻璃橱窗映照着一些不相干的影像。路边还有一两栋寂静的房子，主人在里面过着宁静的生活。这段路在这里戛然而止，城市的喧嚣也从这里开始，这一切如同被施了魔法般神奇。

这里有一个废弃的公交站台，由两块很短的石壁和一块石头的平顶构成。墙上被人乱涂乱画，上面还有一些用黑体字写的孟加拉语字母，像杂技演员一样跳跃起伏。一对夫妇在站台的阴影里站了许久，两个人的身影显得孤单落寞。在马路另一边，汽车川流不息，俨然另一个世界。

最后，妻子似乎想打破沉默，说："看到今天有这么多云，我真高兴。"不过，她抬头看了看天空，发现能看见的云并不多时，又说了一句，"可能会下雨。"

一条狗张着嘴，打着哈欠，踱了过来。它走上那段废弃的马路，钻进一个褪色的羊皮纸灯罩里面，蜷缩着身体，舒舒服服地躺了下来。现在虽然到了三月底，但奇怪的是依然冷风瑟瑟。丈夫额头的头发突然被风撩起，风停之后，头发凌乱地往后倒伏，显得随意又滑稽。他对妻子说：

"让我看看你的手掌。"

妻子摇摇头，不是拒绝，而是表达成年人的讶异。但丈夫坚持说：

"苏米塔，把手伸给我。"

一群人聚在教堂前面，他们可不是虔诚的信徒，而是好奇的围观者，也许在观看一个做出惊人壮举的密宗苦行僧。许多密宗经典是这样描绘苦行僧的：满脸胡须、袒胸露背，围着藏红色旧腰带，手里拿着乞讨的碗，额头眉心点着朱砂。教堂附近就是垂死之家①和迦梨女神②庙。人群中有一个人站在教堂前，也许在沉思。妻子咯咯地笑了，从纱丽下面伸出手——她的手看起来像个小生灵。他握着妻子的手，似乎在掂量它的重量，然后把它翻转过来，盯着手心看，发现她的手心如薄玻璃般泛着难以捉摸的光泽。她不情愿地把手缩起来，缩得像朵花，他又把她的手指抚平。她看着自己的手，仿佛从来不曾见过它。

他带着难以置信的语气，低声说："我看出你拥有财富，

---

① 垂死之家（Kalighat）：特蕾莎修女于1952年在加尔各答创立的垂死者收容院，又称"静心之家"。

② 迦梨女神（Kali）：印度教主神湿婆的妻子帕尔瓦蒂的一个化身。

还拥有一个个子矮小但忠于你的丈夫。"

她尖叫一声，笑起来，竭力想抽回手去。但他紧握着她的手，并且力度刚好，不至于弄疼她。

他又说："三个女儿。"

她疑惑地重复他的话："三个女儿？"然后紧蹙眉头，露出关切的神情，问，"从哪里看出来的呀？"

他指了指她手掌上的皱褶，深情地抚摸着三条浅浅的斜纹，柔声细数：

"一、二、三。"

她的手臂比他的更光滑，更黝黑。她的头发散成一缕缕，拂过他的手臂，每一缕头发之间露出一条条顺滑的小凹槽。

她温柔地说："给我讲讲关于我自己的……"

他深深地凝望着她，问："你自己？"他哼了一声，将她不由自主弯曲的手指抚平，重复了一遍，"你自己？"

他说："你心地善良，但太过多虑。"此时，一缕清风从他们身边拂过。

过了一会儿，他又说："你跟人争论时一味退让。"接着，他又专心审视她的手掌。

他好奇地抚摸着她粉红色的掌面，说："这块隆起的地方很高……是维纳斯山丘，表示你热情似火。"

　　说到这里，他几乎以为她会说"哦，闭嘴！"但他抬起头，却看见她正注视着他，像个孩子一样在听他说话。他发觉她正轻轻倚靠着他，虽然只是极细微的一部分体重，但却始终能感受到。

　　她突然抽回手，说："好了。"

　　然后，为了缓和气氛，她笑着问：

　　"那你的手相呢？"

　　他有点哀伤地说："哦，很平常，无非是工作、退休、死亡。"

　　她惊叫道："塔潘！"

　　一阵风刮过，几个挖开的地方如梦幻般扬起尘土，在这对小情侣周围竖起一道屏障，他们不由自主地用手蒙住眼睛。尘土很快落定，马路对面的车辆和建筑物又清晰可见。

　　他问："我们要不要到对面去喝杯咖啡？"

　　她看了看手腕上的菲福莱柏牌手表，上面显示的时间是下午五点。她每天早上准时旋好表上的小按钮，然后把棕色的表戴在手腕上，宣示着这块手表属于她。

　　她抬起头，不是看他，而是看天空，说："好吧。"

　　这两个让人意外的身影从公交站台的遮挡下走出来，他们默不作声地走到废弃的马路上，跨过电车轨道，走到对面。

在那里，正常的生活向人们展示着自动循环的秘密，他们加入到人行道上的散步者行列，淹没在人群中。在马路这边，公交站台还是老样子，朦胧中投下阴影，像画在纸上的几何图形。小狗依然酣睡。顶着孤零零的十字架的教堂、汽油泵、房子和空空如也的粮店构成过渡期一幅奇特的画作。时间定格在这幅画中，如同定格在一张不朽的杰作里。

拉克希米月圆之夜

　　十月底的一天，下午两点，母亲午饭后躺在一张方形大床上小憩。房间门窗紧闭，隐约传来空调嗡嗡的振响，仿佛雨滴轻轻落在村舍的铁皮屋顶上。如果你像母亲那样闭上双眼，仔细聆听，会觉得自己回到了多雨的七月，回到了那个小村庄。

　　一个女佣正在我母亲的脚上涂抹霜和油，偶尔瞟一眼左边的大玻璃门。透过玻璃门，可以看见巴利贡盖县主干道上加尔各答音乐学院的房顶，还可以看见一些我叫不上名字的地方。门前的小巷里有几棵树，有时可以看见鹦鹉飞过。除了空调有规律的嗡嗡声，偶尔还可以听见音乐学院里练钢琴的声音，练琴的人弹奏出的音符非常清晰，但听得出手法不够熟练。女佣萨维特里坐在地毯上，一条腿弯曲，膝盖拱起，构成一个金字塔形，藏在纱丽下面。她的手臂、脖子和肩膀都是深棕色，圆润光滑，像油漆过的木门。她不停地为母亲按摩足部，按摩时不仅胳膊抖动，还带动着整个身体一起抖动，手腕上廉价的粉

色玻璃手镯发出微微的"当啷当啷"。她的手指轻柔地抚摸着
母亲右脚上一道深深的、发散式的疤痕,问道:"妈妈,这里
怎么回事?"她跟我一样称呼我母亲为"妈妈"。

母亲问:"哪里?"她正想睡觉,但还没睡着。

她抚摩着疤痕,说:"妈妈,这里。"

母亲睡眼惺忪地说:"车祸。"

萨维特里嘶嘶地深吸一口气,表现出疼痛和惊讶的样子,
接着,又开始按摩母亲几十年前奇迹般愈合的伤疤和受伤的
骨头。

母亲叫了声:"萨维特里。"

她应道:"妈妈,怎么啦?"

"你可以走了。"

萨维特里说:"不,没事的,我还想再按五分钟。"

她的声音温柔、沙哑。

母亲说:"不用,你走吧。"

她坚持道:"没事的,我还想再按一下。"

五分钟后,萨维特里仔细地盖好霜和油的瓶盖,再把瓶
子放回梳妆台。她还将椅子上的两块手帕、两件女式衬衫和一
条睡裤叠好,整齐地放在另一张椅子上。当她抚摸这些叠好
的、还没放入柜子里的衣服时,衣服仿佛也在向它表达感激之

情。她是一个很能干的用人，但嘴巴可能太甜了，让人感觉她不够真诚，感觉她是那种表面上心甘情愿干活、实际上却有点虚情假意的人。一个邻居曾提醒母亲："你要提防她。她可能会偷东西，不是什么值钱的东西，只是一些小东西，如小饰品、钢笔之类的，尽管钢笔也有贵重的。"她还可能是个兼职妓女，不过这点很难说。她身上有种独立的特质，体现在她的行为上。

我坐在摇椅上看书，叫她："萨维特里。"

她正把一张挪动过的椅子回归原位，听到我叫她，连忙应声："大哥，有什么吩咐？"

"你能给我泡杯咖啡再走吗？"

她没有抬头看我，就爽快地答应说："好的，大哥。"说完，便走出房间。

母亲一直辗转反侧，没有入睡。有一次，她睁开眼睛，用一种怀疑和惊诧的眼神盯着我，然后又闭上眼睛。我合上书，放在膝盖上，对她说：

"妈妈，我想开车去趟大学路。"

母亲没吭声。萨维特里进来，拿走了我的空咖啡杯。我正打算出门，母亲开口了："你几时回？"

"过一个小时。"

她说:"叫萨维特里带些橘子走。"

我说:"好的。"

"再给她二十卢比。"

尽管我不明白母亲指的是哪些橘子,但还是叫萨维特里去拿,并且给了她一张二十卢比的钞票。早上,她不好意思地躲在门后面,从门后探出头往外看,跟母亲说:

"妈妈,给我二十卢比。"

母亲刚洗完澡,正在穿纱丽,说:"大声点说。"

她提高嗓门,说:"妈妈,给我二十卢比。"

母亲将裹在身上的纱丽理出一些隐蔽又有条理的褶皱,并且把胸前的褶皱聚拢,一条条褶皱就像一朵精致大花上面的纹理。纱丽的裙摆垂过她的肩膀,像大象的鼻子一样柔软。整理纱丽是件精细复杂的手艺活,就像同时打开和收起一把日本扇子一样。萨维特里走上前,默默地帮母亲调整其他部位的小褶皱。

母亲说:"一周前的杜迦女神节,我送了你两件纱丽。"

萨维特里没有立即回应,继续帮母亲把纱丽上暗藏的几处不平整的地方抚平,然后说:

"今天是拉克希米女神节。"

母亲诧异地笑了笑,问:"就算今天是拉克希米女神节,

我又能做什么呢？"这是她得心应手的招数，在她像往常一样
做出让步前，通常用这招来表示拒绝或无法理解对方的要求。
问与答是一场较量，就像跷跷板上有规律的上下起伏一样。萨
维特里又没有吭声，但紧接着就抛出一个解决方案：

"那就从我的薪水里面扣。"

母亲说："那当然。哦，现在就安静地离开这里吧！你每
过几天就十卢比、二十卢比地向我要！萨维特里，现在就走！"

她说："妈妈，我这就走。"

我正准备离开，看到清洁工潘纳在客厅里溜达。他中午
上门来清理卫生间，他用一块抹布用力地擦洗洗脸盆，盆底和
盆沿都小心地擦洗到了，水龙头把手也是又擦又捏。他拎着一
个桶子，拿着一把用坚硬、齐整的椰树叶子做成的扫把，从一
个房间走到另一个房间。扫把倾斜着，尾端捆扎成束的尖针像
街头小混混的头发。他用"瑕避牌"洗涤液刷洗便桶——这种
神奇的洗涤液最近才引入印度，是一家跨国公司生产的卫生间
专用清洁剂。

潘纳做一份工作，通常坚持不了一个月，在我们家也不
例外。他这份岗位并非固定不变，而是变化无常。他的脸部瘦
削，颧骨高耸，长着两撇恶棍那样的尖尖的小胡子。他以前在
一个马尔瓦尔富人开的工厂里面干过活，还跟我母亲说，那个

有钱的马尔瓦尔人有一所大房子，房子里有很多房间，里面还有一个湖……可惜，潘纳在一次罢工之后就被人家解雇了。最后，我们得出结论，他提到的湖应该是一个游泳池。

潘纳问我：

"先生，我现在可以走了吗？"他声音低沉，仿佛刚刚痛失亲人。

我问他："你干完活了吗？"

他说："全都干完了。"

"所有卫生间都打扫了？"

他回答："全都打扫了。洗脸盆是用新买的肥皂擦洗的，便桶我也清理了。先生，您的便桶冲水有问题。加尔各答的水质不好，管井的水不错。先生，自来水公司的水也不好。衣服我也洗了，我还得去买把新扫帚……"他一口气报完干活清单后，再次用委屈的腔调问我，"先生，我现在可以走了吗？"

我说："可以。"

他微微给我行了个额手礼，转过身，往前迈了几步，又转过身，有点不好意思地低声问我："先生，能给我十卢比吗？今天是拉克希米女神节。"

我给了他十卢比。

我走到前门，听见母亲叫我，连忙站住，侧耳听了一下，果然又听见她的声音，便返回卧室。

母亲此时已经完全睡醒。她把枕头垫高，把头靠在枕头上，手里拿着一本杂志，见我进来，开口道：

"我忘了跟你说，等下你回来的路上，给我买一尊拉克希米女神像。"

我有点惊讶。母亲向来不信教，我们全家多不信教。但在最近几年，我们经济上遭遇一些困境。如果苦难让我们增长精神上的见识，那么不安全感至少会让我们变得迷信一些。供奉拉克希米这位财富和幸福女神也许不失为明智之举，对于这一点我赞同。她置许多人于不顾，也曾置母亲的娘家人于不顾，但她并没有像对待他们那样，完全放弃我们，而是对我们仍有所眷顾。不过到后来，她还是让我们体会到一些不知从何而至的痛苦。

母亲说："我想晚上拜一拜女神。"

当我走到楼下时，看见小轿车都停在树荫下。看门人的身体往后靠，坐在凳子上，正在跟熨烫工聊天。熨烫工正把一件白色衣服平铺在高高的木箱子上熨烫。一些停在那里的小轿车司机聚在树下打牌，他们有些蹲在地上，有些在地上垫块方格手帕坐在上面。我能看清背对着我的司机手上的牌。在一两辆小车里面，司机正把脚搁在仪表盘或方向盘上酣然大睡，这

悠长假日

种睡姿实在叫人惊恐；还有一个司机正开着晶体管收音机听电影歌曲，歌声从他膝盖下面昏暗的空间飘荡出来。

我的司机正在车里睡觉，他叫苏丹，是个穆斯林。我使劲想打开后门。开门的声音吵醒了苏丹，他像美国脱身魔术师霍迪尼一样，突然从座椅上跳了起来，眼睛通红，带着难以置信的神态，咧开嘴朝我笑，右胳膊猛然伸到后面，熟练地打开车门。

我上了车，他问："先生，去哪里？"我说："大学路。对了，苏丹，等下回来的路上，我想买一尊拉克希米女神像。"

他说："好的，先生。加尔各答大桥那一带有许多许多拉克希米像，许多许多女神像。"

苏丹刚说完，便开始飞快地驶向大学路。他怀着开拓者的满腔热情，打着方向盘，按着喇叭，让小车一路狂奔。尽管他极富个人魅力，但还是毫不留情地把最辛辣的讽刺留给路人和其他司机。如果车道被挤占，他会刻薄地谴责他们近亲乱伦。他载着我，专门抄近道——那些近道堪称绝妙，我以前闻所未闻。若论他最深恶痛绝的东西，则非遥远的距离莫属。

当小车经过总统大学的几道大门时，我意识到我们已经来到大学路。街道两边的人行道上摆满了小书摊。我一下车，一些摊主便开始朝我吆喝："喂，大哥，过来瞧瞧，要什么书，我这儿有！"他们的吆喝声紧追我不放，听起来可怜兮兮，又带有引诱的味道，让我潜意识里感觉到危险：我觉得只要我一转身，就会发生对我不利的事情——也许我会变成一头猪或一块石头。尽管我认为他们都比我年纪大，其中最大的甚至有七十来岁，他们却都称呼我"大哥"。

有一次，一个男人拦住我，抓住我的衣袖，说："大哥，告诉我你想要哪本书，我给你拿。"他的语气带着挑衅。我看了看他的小书摊，只有一个衣柜大小，堆满了《基础工程》《计量经济学试卷解析》一类的书。我觉得他不可能有我想要的书，便闪身避开他，敷衍道：

"你有梭罗的《瓦尔登湖》吗？"

这个人慢慢重复一遍："梭——罗，瓦尔——登——湖。"然后肯定地说，"没有，没有那本。"他说话的时候，眼睛瞪着我，好像我在侮辱他似的。

突然，我脑海中又闪过另一个名字，一个适合底比斯人戏剧的神奇名字。

"有马可·奥里利乌斯①的书吗？"

"没有，没有，我们没有那种书。"我们终于无话可说，

① 马可·奥里利乌斯（Marcus Aurelius）：思想家、哲学家，毕业于萨利圣学院，161年至180年担任罗马帝国皇帝，代表作品有《沉思录》。

达成某种和解，尽管这个过程并不顺利。我继续往前走。

后来，我从一位老人手里买到一本半价的《简·奥斯汀全集》。在回家途中，我们在加尔各答大桥停车。这个地方是红灯区，一边是阿里波尔监狱呆板的正面，另一边是穿着亮眼的纱丽的妓女，她们站在一个商店门口。商店里面几个男人整天弯着腰，制作乐器，主要是制作手鼓。妓女们朝里面抛媚眼，但店里做乐器的工匠无动于衷。他们是真正的工匠，是手工业之神维施瓦卡玛虔诚的信徒。我见过他们打开像葫芦一样的手鼓，聆听里面的回声。

妓女们在大街上分外显眼，但令人不齿。马路对面成百上千尊拉克希米女神像更是让她们相形见绌。女神像由陶土制成，大小不一，但外表相同；她身穿朱红色纱丽，坐在莲花宝座上，左边站着她的白色猫头鹰；她的左手臂弯里夹着一个装有金银财宝的金罐，右手手指拈着一朵花，头上戴着王冠，面带微笑。

这些女神像我都不喜欢，因为她们颠覆了传统形象——个个长得像适婚年龄的孟加拉中产阶级女孩，温顺、智力平庸、衣食无忧，是家中的独生女，被升职无望的父亲时而宠溺，时而恐吓；同时，这些女孩从来不在公共场合看男人一眼，私底下却在天黑后，原本应该上绘画课的时候，跑到德萨普里亚公园与男朋友幽会。女神像体态丰腴，脸颊像甘加拉姆商店的酸奶一样粉红。我走过去，穿行在大同小异的女神像之间，寻找让我合意并且正派的拉克希米女神。我想寻找的女神像要有得体的微笑——那种母亲特有的微笑，发自内心的平静的微笑，如同佛祖释迦牟尼的微笑，甚至是蒙娜丽莎的微笑……但最后，我发现她们脸上只有晚餐饱食之后的傻笑。

一整排女神像朝远处延伸，一眼望不到边，这让我想起星期天下午北印度影院外面的长队。就在我快要心灰意冷的时候，终于看到了她，这纯属偶然。她跟其他女神像差不多，但不知道是因为意外还是设计原因，她身材苗条，容貌秀丽，脸上绽放着真正的微笑——是那种娴静的微笑，还带有一丝嘲讽，因为她知道我看中了她。

我对那个有点兴奋的男孩说：

"我要那个。"

他问："哪个？"声音近乎嘶哑地大叫。一个年纪更大的人用粗暴、咄咄逼人的语气说："快给先生拿他想要的神像。"

我指了指看中的那个拉克希米女神像，但他并没有领会，轻轻拍了拍坐在附近的一个带有自命不凡表情的神像，问："是这个吗？"得到否定的答案之后，他又拍了拍旁边一个，询问道，"是这个吗？"我摇了摇头，然后，他又拍旁边的旁

悠长假日

边一个，问，"是这个吗？"最后终于拍到我看中的那个，问："是这个吗？"我回答："是的，就是那个。"

我付了五卢比给男孩，然后把看起来优雅、惬意的女神像放在车后座上。苏丹载着我们回家。

到了晚上，母亲把拉克希米女神像放在她卧室里面一扇巨大的玻璃窗旁边。房间凉爽宜人，空调在我们耳边嗡嗡作响。她点上两炷香，用白色的米糊在神像前面的地板上画图案。

她对我说："过来看看。过来看看拉克希米女神的脚印。"

我过去看了看，说："她像新娘一样，走路的时候，两只脚一前一后。"

然后我又问：

"这些都是她进来的足印，但为什么没有离开的足印？"

母亲说："哦，拉克希米女神一旦进了屋子，我们就不会让她离开。"

母亲还在阳台上点了几盏小烛灯，迎接女神进屋。在四周电灯的映照下，小烛灯的火焰看起来有些怪异，又有些如梦如幻的感觉。

母亲说："如果拉克希米女神离开，我们就会变穷，那多叫人伤心啊。"

过了一会儿，她说："看，今晚是满月。看，那是圆月。"

我转身朝窗外看去。果然是满月，月亮周围有一圈光晕，像影子一般辐射好几英里。母亲温柔地笑了：

"要是你今晚想偷东西，可以去偷。这是习俗。在拉克希米月圆之夜，你偷的东西就会属于你。"她又微笑着说，"当然，月圆之夜，亮如白昼，小偷很容易被发现。"听了母亲的话，我仿佛看见一个小村庄的人进入了梦乡，这时，两个只围着腰布的男孩偷偷潜入别人家的果园，偷走园子里的水果。在月光的照耀下，他们的肩膀熠熠发光。其中一个男孩对另一个说："别出声，别出声。"一根小树枝"啪"的一声折断了，一条狗开始吠叫……

门开了，拉赫曼走进房间。他是我家的厨师，饭量惊人，通常白天呼呼大睡，傍晚才起来给我们做晚饭。他像酒鬼一样，眼睛充血通红、浑浊不清，但他发誓，说自己没有喝酒，也无法忍受说"喝酒"两个字，说自己的眼睛自打出生起就是这样。他紧身汗衫遮住的肚子像发胀的肿瘤。有一次，我发现他站在我家的体重秤上，我还没来得及抗议，他就先开口问我："大哥，我多重啊？"他不识字，但能读懂数字，可是此时隆起的肚子挡住了他的视线。我弯腰看了看，说："八十公斤。"他进屋后，在拉克希米女神面前微微鞠躬。母亲问："拉赫曼，你也信她吗？"

拉赫曼做了一个英勇的泰坦尼克式手势。

他咧嘴笑了笑，露出一口变色的牙齿，说："夫人，就算我是个伊斯兰教徒，那又怎样呢？谁不能信拉克希米女神呢？"

他是个不折不扣的骗子，脸上倏忽闪过一丝邪恶的神情，被一层酒精的雾气遮盖的眼睛闪着狡黠的光。他下意识地拍了拍肚皮，说了一通：

"夫人，所有的神都是一体的。真主阿拉、耶稣基督、尊者拉姆……我全都信。我斋月过后吃烤饭，每逢重大的日子我向耶稣鞠躬，杜尔迦女神节我吃米豆粥。"母亲和我对视了一下，彼此心照不宣，知道拉赫曼所有的隐喻和信仰最后都会归结为食物。

当我走出房间去大厅时，发现拉赫曼已经从瓶口取出烛灯，放到阳台上。十月的微风拂过，许多烛灯都熄灭了。巴利贡盖县低矮的房屋掩映在不同的树木中。此刻，一轮满月高悬天际，我想起那个虚构村庄里的两个男孩，他们手里拿着偷来的水果。根据古老的习俗，现在水果属于他们。此时，拉赫曼从阴影处向我走来，不怀好意地说："多么愉快的夜晚。"

世界上最快乐的人

　　在过去的三十年里，他始终住在伦敦，退休前是一家船运公司的经理。他一无所有，没有家庭，没有房子，也没有车子，但他假装对这些东西不屑一顾。他本来一直住在学生时期租下的只有一居室的小公寓里，后来，理事会买下了整栋房子。由于小公寓的天花板剥落，所以理事会把他临时安置到别处居住。

　　他不为任何事情所扰。

　　他说："我只要有一根烟和一本鬼怪小说，就没有什么事情可以烦扰我。"他曾经把钱借给印度的亲戚，一借就是二十年；还有个巴基斯坦邻居，一直失业在家，也许是个间谍，也时常向他借钱。

　　起初，他住在巴尔塞兹公园里的小公寓里。我父母也住在那里，当时父亲还在读书，我还没有出生。他们三个人亲密无间，形影不离。

　　我喜欢巴尔塞兹公园和相邻的巴尔塞兹村，还喜欢周边的教堂和学校。我经常在某个时刻看见小学生在斑马线上等待过马路。我第一次去英格兰度假时就被那里的美景征服了。当时是九月底，舅舅家门前的人行道上铺着一层干枯的叶子。我不厌其烦地用脚碾压叶子，倾听叶子啪啪的碎裂声。我最喜欢巴尔塞兹公园这个名字，正如我喜欢在地铁站地图上看到的名字一样：戈尔德斯格林、樱草花山、大象和城堡等。那些名字有些押韵；有些让人联想到田园牧歌般的伦敦；有些还带有寓言和神话色彩让我眼前浮现出一座城堡，大象在城堡前翩翩起舞——这幅画面就跟奶牛奔月一样，几乎是一种幻觉。我发现牛津圆形广场是个名副其实的广场：不同种族、热情似火的购物者拥向这里，挑选服装、手表和巧克力；面色苍白的儿童流连在垃圾桶旁边；裸体模特盯着橱窗外面发呆；穿着蓝色制服的警察悠闲地从酒吧男孩身边经过；盲人弹奏着曼陀林；头发花白、穿着苏格兰方格呢短裙的苏格兰人吹奏着风笛，一个敞开的吉他箱里堆着一些面值十便士的硬币和面值两便士的锈色硬币；几个双眼红肿的大个子男人站在贴着头版头条新闻的木箱后面，叫卖《伦敦标准晚报》，如果有行人向他们问路或者询问其他什么情况，他们会直接粗鲁地拒绝回答。

　　我舅舅现在住在白垩农场。因为他家没有电话，所以我

去看望他，对他来说无疑是一个惊喜。我快到他家门口时，他
从窗户看到了我——他本来站在窗户旁边的镜子前面刮脸。他
半个小时之前才睡醒，大概是下午一点钟。他大声欢迎我，脸
上的白色肥皂泡还没刮干净，就穿着褐红色睡衣，迫不及待来
给我开门。

他们把他安置在第十三号房间——这是入户门后面的第
二个房间。第一个房间做了一个标记，上面写着"游戏室"，
其中每一个字都用不同颜色的水彩笔着色。在这个属于理事会
的沉闷的房子里，这些色彩多少让人产生一点渴望。每一扇门
（这里有很多个房间，我觉得这一层上面还有两层）都被漆成
淡红色，而墙壁是单调统一的白色。

走廊地板上铺着红白格子相间的油毡，让你不可能有任
何想象的空间和欲望。以前巴尔塞兹公园那套老房子总是弥漫
着难闻的咖喱味，栏杆扶手也破破烂烂，但在这里，一个由理
事会供养的神秘机构把一切打理得清爽整洁。

舅舅把我带进他的房间，随即也打开了话匣子。他有许
多话要说。因为独居，他有大把时间思考。他现在想把所有苦
恼、怨气、恐惧以及长期观察与反思的结果一吐为快。我们三
个月前碰面时，还就某个荒谬的话题争吵过，至于什么话题，
我现在也忘了，但他居然接着上次未完的话题和我争论。我蒙

了好一阵，才跟他继续争论。从这个意义上说，其实我们一直以来都在进行同一场对话，只是这场对话因一些时间的间隔而中断——这些间隔从十分钟到一年半时间不等。虽然我有时只是沉默不语，让他一个人说，但他仍然觉得我们是在对话。

他喜欢听自己的嗓音，低沉、有力，与其说是印度嗓音，不如说是非洲嗓音。他最喜欢的动物是老虎和狮子，至于更喜欢哪一个，他自己也说不准。反正只要谈到老虎和狮子，他可以连续讲好几个钟头，所以他身上一定具有非洲人的某种特质。

当我还在伦敦念书的时候，有一次我租了一台电视机。他过去常常来我的出租屋里看我，坐在电视机前面，拿着遥控器狂躁地换频道，幸好那台电视机的频道不超过四个。只有当英国独立电视台或四频道播放一条汽车商业广告的时候，他才会停下来观看，但并不是看汽车，而是看狮子，因为汽车被比作狮子——狮子会跑，会跳，会休息，是一种威武雄壮的生物。如果看到广告中关于爱情的画面，舅舅的眼睛会睁得像乒乓球那么大，但商业广告的持续时间通常不超过两分钟。

他滔滔不绝地和我聊了半个小时后，跟我打了声招呼，就去上了洗手间。我焦躁不安地在他的小房间里来回踱步，有时停下来看看桌上的书：十五本《恐怖故事全集》，每本封面上都有一张惨白的人脸；路易斯·拉默的《狂野西部》系列丛书；几本谋杀悬疑小说；一本关于星际飞机的书；一本关于飞碟和其他星球生命体的书；一本关于来生的书。舅舅说，有一本这样的书和一支烟，可以让他飘飘然，如升入天堂般惬意。

炉灶上摆着一个炖锅、一个炒菜锅和一个煎锅。其中，一个装着米饭，一个装着鸡肉，还有一个装有用浓缩粉末即时调制的汤。在去洗手间之前，舅舅反复劝我吃点东西，但我婉拒了。他自己一餐就只靠两杯咖啡、半个烤面包和一调羹蜂蜜充饥。他的饮食习惯很奇怪，像那些住在沙漠里的人。我设想，独居在一个房间里许多年，他的身体也许能够根据这种环境调整自己的需求和功能。

他以前住在巴尔塞兹公园内的破旧小公寓里。他跟我说，那里没有电冰箱，但食物煮熟后，放在锅里，保存十天都不会坏。我猜，这可能是因为他的房间太小，有股霉味，又密不透风，平时也没什么人进出，所以有种特别的古埃及气息——这种气息对于浸泡在调味汁里的食物，竟然有种防腐奇效。在房间里面，墙壁上钉着圣诞贺卡——有些是我父亲六十年代末寄给他的，老旧的墙纸上用铅笔潦草地写了一些重要的电话号码。在一个看起来像平台一样的壁炉架上，摆着几张印度神灵的画像，每幅画像的大小都跟扑克牌差不多，其中一张画像是圣母玛利亚。每天傍晚，他会举行一个小小的印度仪式，用手帕擦拭壁炉架上的灰尘（所以壁炉架是房间里唯一干净的地方），在神灵面前摆上圣食或供品——圣食主要由巧克力构成，给神灵准备的供品通常是吉百利公司或约克夏公司的产品。公寓桌子上放着一盏老旧的灯，底座是大象形状。他把这盏灯称为"甘尼许"——这是印度教中代表成功的鼻头神的名字。他以前也会像老妇人一样，在傍晚时分深情地擦去这盏灯上的灰尘。

巴尔塞兹公园内的小公寓就是这个样子，但在如今白垩农场的小房间内，我并没有看见那盏被他称为"甘尼许"的大象形状的灯，也没有看到扑克牌大小的神灵画像和圣母玛利亚画像。它们一定是放在房间哪个地方。过了一会儿，我走出房间，到走廊上溜达。走廊上的墙壁是雪白的，地板上有红白相间的方格子。除另一头最后那个房间外，其余的每个房间都悄无声息。在那里，有人在收听重金属摇滚音乐——用电吉他、低音吉他、主音吉他，还有大鼓演奏的音乐，还有唱着抒情歌曲的沙哑嗓音。两根和弦一次次弹奏起来，这让我在脑海中快速闪过一些混杂的影像：一个工人二十四小时不间断工作的钢铁厂、一个水泥浆搅拌机和一个被放大无数倍的手表里面不停运转的机械装置。

　　我正欲离开，突然碰见两个女人一边聊天，一边下楼。我停下脚步，等她们走到走廊，我看清其中一个是中年妇女，体态丰满、面容和善；而另一个是年轻女孩，身材苗条、面容也很和善。两个人都朝我笑了笑，我也回笑了一下。她们似乎并不属于这里，不属于这一排排小房间，也不属于那个播放摇滚乐的房间；她们一定是从外面来的，眼睛被"游戏室"这几个令人愉快的字吸引着。

　　胖女士跟我打招呼："你好。"

　　我也回应："你好。"

　　她问："你住在这里吗？"她面带微笑，并不是想要打探什么。另一个也笑了。

　　我也报之以微笑，说："不是。我来看我舅舅，他住在那间房。"说着，我指了指舅舅的房间。

　　胖女士似乎恍然大悟，说："哦！哦！他还好吗？你知道，我是卫生员。我刚才逐个房间走了一遍，但都没人在家。"说着，她朝女孩挥了挥手，说："她是米都塞克斯医院的护士。"接着，她好像又想起了什么，说，"我们每个月都会来这里，但今天似乎没人在家。"我们都笑了，仿佛她说了什么好笑的话。

　　我说："我舅舅很好。"

胖女士似乎别有用心地问："他老吗？"

我不解地问："什么？"

她问："他多少岁了？我意思是说，他很老吗？"

我说："大概六十五岁。"

她露出略带责怪的笑容，说："哦，那不算老。我意思是说，六十五岁不算老。"

我笑了，说："是的，不算老，至少他看上去不显老。"

胖女士大笑起来。她可能觉得我最后一句话很风趣，也可能她本身就是一个开朗爱笑的人，是那种会用不同颜色写"游戏室"几个字的人。但随即她又变得严肃起来，问：

"你经常来看他吗？"

我心里嘀咕了一下："经常……"然后说，"我不是经常来……你知道的，我不住在伦敦，我是在牛津那边念书。"

胖女士睁大眼睛，看了看旁边那位苗条的女孩，点了点头，感叹道："牛津！那是远道而来的，对吗？"

我笑了笑。

女士说："牛津！是的，你不能来得太频繁！从牛津市区到这里的车费一定很贵。"

我说："还算合理，坐长途大巴，票价只要三英镑。"

胖女士又瞅了瞅苗条的女孩，说："长途大巴票价三英镑！哦，那非常合理！”

我说："况且，我经常去印度度假，所以并没有很多时间来伦敦。"

她表示理解地说："是的。"接着她几乎是向我眨着眼睛，问，"那你在牛津那边学什么？"

我回答："英语。"

胖女士跟女孩说："英语！他肯定学得不错，进步很大，对吗？"

卫生员、护士和我这个远道而来的印度人，我们三个都笑了起来。随后她们转过身，准备离开。

胖女士说："再见。你回到印度后会教英语吗？"

我含糊其辞地说："我也不清楚。"

她一边关门，一边咧开嘴，露出最灿烂的笑容，对我说："再见。希望你学习我们可怕的英语表达法的时候，觉得是一种享受！"

我笑着跟她们挥手道别，同时也意识到，她以为我来牛津只是学习如何使用英语来说、读、写。

等舅舅上完洗手间，我们便一同出门。他说要进行周末购物，但那天并非周末。他的话语里面总是暗藏某种逻辑，但我从来没有多问。

我们爬上哈弗斯托克山，朝巴尔塞兹公园走去。他突然停下脚步，问："你想走哪边？"

我问："这有关系吗？"

"哦，这边更冷，另一边更暖和。"

我说："噢，那我们就穿到暖和的那边去吧。"

我们穿过去，继续走路。他穿着出门常穿的过时三件式套装——黑色的夏季外套穿在身上似乎有点短小——脚上穿着运动鞋。

他提醒我说："小心，不要踩到粪便。伦敦是欧洲最脏的城市，遍地有狗屎。"

我们到达巴尔塞兹公园后，走进一家超市，货架上摆着冷冻肉和袋装蔬菜。后来，我们又到邮局，再去了汉普斯特德的一家茶馆。这家茶馆位于山脚下，山的两边各有一条盘旋而上的马路，茶馆里面供应咖啡和香肠卷。他忧虑地谈到自己的退休金和当前的通货膨胀，谈到将来心灰意冷的日子，那时，一万英镑可能只相当于今天的四百英镑，甚至四十英镑。

他说："我的问题是，我会活到一百岁，甚至可能活到一百二十岁。"

他没有子嗣，所以担心自己，也担心如何把钱寄给远在印度的亲戚。他停顿片刻，开始数落他亲戚（也是我亲戚）的

种种恶行。我忍不住责怪他，他也训斥我，但还是又给我点
了杯咖啡，并且充满父爱地问我："要不要再来一根香肠卷？"
我摇摇头。我们把话题转到神学问题上，他开始历数生活的罪
恶，甚至讲上帝的坏话。有一次他还作了一首诗，开头是"神
啊，你是白痴"。诗的主题是"上帝把他创造的天地万物搞得
乌烟瘴气"（这句话也出自那首诗）。我问他："你为什么不回
印度呢？"他说："我受不了印度人，一群愚不可及的生物，
油腔滑调，眼睛大得像牛眼。他们让我一贫如洗，我还不能够
阻止他们。"接着，他又说，"我希望他们不要再来打搅我。我
知道老家的人为什么想看到我，他们看我就像去马戏团看马戏
一样。哦，我不想看到他们。我希望他们不要再来打搅我。"

我坚持道："你究竟为什么那么抵触回印度？你在这里有
什么？"

他说："抵触回去？我不能回去，因为如今每个人都有自
己的生活。如果大家都能生活在一起，到了晚上住在同一个房
间里，就像我们以前在西隆（印度东北部城市）那样，我是愿
意回去的。如果每个人都衣食无忧，不富也不穷，起码有足够
的钱维持舒适的生活；晚上，大家一起坐在房间里聊天，每个
人都在——赛迪、美达、杜库、兰吉、卡库、布迪、摩吉……
这样的话，我是愿意回去的。"

我说："这想法太傻了，不可能。"

他说："那我们就不要谈这个话题了。"

这次对舅舅的看望就要结束了。他送我到大理石拱门①地
铁站。三月的寒意骤起。我们在迷宫般的地铁站里面找洗手
间，谢天谢地，最后总算找到了。洗手间干净整洁，光亮可
鉴，里面没什么人。我们站在一排白色小便器前面，舅舅趁着
小便，又跟我讲他的生活和童年。他所有的往事和回忆都是伤
感的格调。他的声音在整洁的白色小便器之间回响……

我们上了通往公交站台的楼梯。舅舅不忍跟我道别。因
此，拖着脚步，心神不宁地慢慢走，同时还反反复复讲他那些
郁闷的往事。他快要秃顶了，所以他喜欢自己理发，但这个冬
天，他决定把头发留长，这样头发就能像小小的黑色鹅毛笔一
样向四周舒展。

我看着他，说："你该去理理发了。"

他有些不好意思地说："是的。头发很乱吧？"

"确实很乱。"

我俩沉默了一会儿，然后我打破沉闷：

"你就没有愉快的经历可讲吗？我都厌烦了听你这些唠唠

---

① 大理石拱门（Marble Arch）：伦敦有名的景点之一。

叨叨、哀怨十足的抱怨。说这些太有失尊严了，伤心的故事谁都能说，如两个纠缠不清的恋人，失去一条腿，甚至丧命的男人，父母双亡的孩子——但是，要说愉快的故事却很难。"听到这里，他突然两眼放光。

"哦，愉快的故事吗？愉快的故事都是没有结局的！如果你想要听愉快的故事……"

这时，我们走到站台，看到一群人正排队等候去牛津的巴士。幸好没人听到我们的谈话。

舅舅第一个愉快的故事是在他七岁时，家里有七兄弟、两姐妹和一个守寡的母亲，一家十口住在锡尔赫特县。他向我讲述如何独自闲逛，如何穿过一条住着一群行为古怪、留着大胡子的穆斯林男人的街道，走到小镇尽头去看山。第二个故事是舅舅三岁时，他拆毁了一张每分钟七十八转的新唱片，并从中感受到了快乐。第三个故事是我最喜欢的，所以我把它完整地记录了下来。这个故事是关于世界上最快乐的人的。舅舅大概七岁时，家里有一面大时钟。他每天都背着双手，盯着时钟看，幻想自己能做一个梦：他渴望能亲手触摸到玻璃钟面下的黑色指针。舅舅说，如果世界上有一种触摸能让人感到快乐，那就是触摸玻璃下面的指针。每天，舅舅都花时间琢磨这个问题。后来有一天，他终于看到了世界上最快乐的人——他是修表匠，腰上围着一块腰布，穿着一件破烂的衬衣，脸上留着黑色胡楂，站在楼梯上，打开玻璃面板，用手指触摸时钟的黑色指针。这种场景有一种无与伦比的宁静与快乐，舅舅完全陶醉其中。

这时，通往牛津的城际巴士到站了。车门自动打开，等着排队的人们依次上车。它简直是一台彬彬有礼、举止得体的机器。

我问："你跟我讲的故事都很精彩，还有其他故事吗？"

舅舅突然耸耸肩，说："还有很多。"

我说："你下周来牛津吗？你可以在我房间住一晚。"

他说："我尽量吧。也可能不会来，你知道我的习惯，但我尽量来。"

我上了车。我是队伍中最末尾的一个。

我说："你一定要尽量来。如果不来，我不久之后再过来看你！"

他说："好！"

车门自动关闭。我隔着窗玻璃向他挥挥手，然后沿着楼梯走到上面一层，在一个靠窗的位置坐下来。我在上面一层可以看到他，但他的目光却在下面一层乘客的脸上来回扫视，搜寻我的脸。这时，巴士启动，出发了。

贾达夫

上午吃过早饭，看完报纸，男孩去浴室，拧开冷、热水龙头——两个现代风格的银色小旋钮，上面有些刻痕。他把手伸到水龙头下面，但旋钮开始振动，水流很细，沿着水龙头边沿流出来；他关上水龙头，再打开。这次水倾泻而出，但银色按钮"哼哼"地响个不停，像深沉的男中音在志得意满地歌唱，随后响声越来越大，简直像在播放稀奇古怪的交响乐。

男孩感到厌烦，没有关水龙头就离开浴室，走去厨房。用人贾达夫是个瘦瘦的年轻人，此时，光着上身，穿着睡裤，坐在冰箱前面的凳子上，拿一根火柴棍剔牙。

男孩不耐烦地说："跟你说过多少遍，叫你在家里穿衬衫。你以为这里是小山村吗？"

贾达夫有些难为情地站起来，羞怯地晃了晃手臂。上身光洁的褐色皮肤像合体的纤维一样，轻轻地拉伸，覆盖在肩部和胸部的骨头上——他的身上没有一点赘肉。

男孩问："听到我说什么了吗？"

贾达夫说："这里不是小山村。"

"那就穿好衬衫！"

贾达夫进了他的小房间，两分钟后，他穿着一件红格子衬衫出来了。

"另一件衬衫拿去洗了，这件刚刚晒干的，所以我想……"

男孩转身离开，一只手示意贾达夫跟上。

贾达夫乖乖地跟在后面走，有点弯腰驼背，他平常走路不会这样。边走边嘟哝：

"……所以我想，如果夫人能给我买件好点的棉质衬衫，我就不用这么麻烦了，非得洗完一件，等它干……"

男孩突然在客厅停下脚步，转过身，问："你在这里干了几个月？"贾达夫闭上半张的嘴巴，脸上露出遭受迫害的表情，眼神也变得无辜。

他疑惑地问："大哥，你说什么？"

男孩毫不留情地问："你在这里干了几个月？"

贾达夫重复了一遍："几个月？"

男孩说："对，几个月。"

贾达夫又问："在这里干？"

男孩回答："对，这里。"

贾达夫突然笑了，仿佛一切问题迎刃而解。

他说："大哥，三个月。二月、三月、四月。我二月十五号来的，今天是……"

男孩说："难道没人跟你讲过，等你干满六个月，会给你买套工作服吗？"

贾达夫高兴地点点头，说："哦，是的，夫人跟我讲过'等你干满六个月，会给你买套工作服'。"

男孩伤心地说："为什么我们给你买了睡裤，你还老是唠叨着要买衬衫？"

他迷惑不解地低头看了看自己的裤子。

男孩接着说："你的裤子是我亲自去加里亚赫特市场买的。那里的裤子有四种价钱——十八卢比、二十一卢比、二十六卢比和二十八卢比。"

男孩痛心地说："我买的是二十八卢比一条的裤子，布料是最好的，跟我给自己买的布料一样。"说着，男孩看了看自己的裤子，再瞅了瞅贾达夫的——他们俩的裤子都是白色的。

贾达夫用指尖拨弄了一下自己的裤子，表示赞同，说："是的，这料子——的确不错。在加尔各答买不到比这更好的布料，它像奶油一样柔软。"

男孩再次转身，朝自己的房间走去，边走边说："那就不要再提买衬衫的事了。我们还有活儿要干——水龙头坏了。"

晚上十一点，男孩在房间看书，听到客厅发出奇怪的响声，像电火花的噼啪声。声音马上消失，但没过一会儿，又响起来。他合上书，起身下床，打开房门往外看，看见一个男人站在餐厅椅子上。椅子被鲜绿色的椅套罩住，椅套上面缝着东方特色图案。那个人伸出一只手去摸悬挂在天花板下的水晶灯，灯一下子亮起来，亮光从他手的侧面射出来。椅套上面垫了一张报纸，那个人每挪一下脚，报纸就微微裂开。贾达夫站在椅子旁边，越过那个人的头，看着电灯。

这时，男孩的父亲打开卧室门，走了出来。说：

"啊，你们终于来了！你们在干吗？"

椅子上的男人低头往下看，竭力想通过一种富有想象力的技巧，制造出抬头看男孩父亲的效果，并且回答："先生，我们只是检查一下电灯，对其他电器也会做一次彻底检查。"

父亲说："好，很好。"然后，脸上表现出由衷的关切，说，"但我不知道风扇是怎么回事。"

男人问："风扇怎么了？"

父亲十分惊讶地说："好像调节阀全部失灵！你想风扇转得快，它们偏偏转得慢；你想它们转得慢，它们干脆不转！"

男孩本来站在远处默默倾听，这时也走过来，果断地补充：

"它们有时会无缘无故地从慢变快或从快变慢……有时甚至不启动！"

父亲连忙附和："对，对！就是这样！"

椅子上的男人说："先生，不用担心，我会看一下。"

父亲哈哈大笑，说："担心？你们这些人说话都这样！我催了你们三天，我的伙计贾达夫一直在找你们……"

贾达夫补充："下午顶着日头去找你们。"

父亲说："整整三天，我们顶着下午的大日头去找你们。你们来一天，活儿还没干完，第二天又失踪了。你们一失踪，没人联系得上。太让人惊讶了！"他接着抱怨，"告诉我，你们到底是人还是鬼？没人能抓得住你们，电工和水管工都一样，你们到底是鬼还是什么？"

椅子上的男人谄媚地讨好："先生，你想要我们是什么，我们就是什么。"

父亲说："我想要你们修好电风扇，但我觉得你们是鬼。"

下午三点，男孩躺在房间沙发上看书，这时有两个男人敲门。

男孩问："谁呀？"

其中一个人把头探进来，男孩盯着那人的头颅看了一眼，每个人的头颅都是上帝的杰作，跟指纹一样，独一无二，各不相同。此时，这个探进来的头颅下面没有身体，好像只是简单地悬浮于空气中。

男孩又问："谁呀？"

那人回答："水管工。"

男孩说："哦，水管工。请进，请进。"他指了指浴室门，说，"水龙头坏了。"

两个男人进了门。第一个人中等身材，四十岁左右，秃顶、结实、短胳膊，一只手拎着一个布袋，里面装着坚韧、可拉伸的工具。手和一部分前臂是白色的，像蘸了爽身粉，但后来，白色突然褪去，露出原本棕色的人类的皮肤。第二个人年纪更轻，个子更高，双手也是白色的。他站在房间，目光扫过油画、餐柜、床和沙发，也许是把这个房间跟他当天进过的其他房间进行对比。年纪更大的男人像警察一样，小心翼翼地转动浴室门上的黄铜把手，打开门。

他们目不转睛地盯着洗脸盆，小声嘀咕了几句，似乎不想打搅男孩，但更主要的又似乎是不想破坏浴室里如纯水晶般的宁静。阳光照在淡绿色的瓷砖上，瓷砖仿佛变成一个可供食用的开心果。他们怀着无尽的热爱与怀疑，默默靠近洗脸盆。更年长的那个人打开水龙头，水龙头瞬间开始嘎啦作响，像俄罗斯合唱队一样让人肃然起敬。他关掉水龙头，把其中一个鲜花形状的银色旋钮拔出来，弯下腰，盯着旋钮主干与根部的结合处，研究了一下，随后便离开浴室，去排查整栋房子的水管。此时，更年轻的那个人轻轻关上浴室门。

男孩试着重新看书，但看不进。这时，从浴室里传出金属清脆而微弱的叮当声，一个音符响起，以固定不变的音高发出回响，像小鸟求偶的叫声；紧接着，又叮当响一下，音阶比之前更低，像另一棵树上另一只小鸟在回应。响声就这样持续，让男孩想起春天的树林。

他放下书，朝浴室走去，打开门，发现年纪更大的那个人蹲在洗脸盆投下的阴影中，身边围着一圈碎裂的水泥。他似乎很高兴待在那个小洞里。另一个人打开右边窗户，残忍地吓跑在外面水管连接处安家的鸽子。鸽子因为受到袭击而发出奋起反抗的声音，似乎不是与恐吓它们的男人抗争，而是与命运抗争——是命运让它们成为鸽子。男孩能够听见它们愤怒地拍动翅膀，愤怒渐渐平息，最后变成轻微振翅。

男孩问："你们要多久才能修好？"

年纪更大的男人从洗脸盆下面抬头看了看男孩，说："不久，大概还要十五分钟吧。"

男孩说："好的。"然后对着一地的碎砖做了个手势，问，

“等下你们能把这里清理干净再走吗？”

那个人深情地盯着碎砖，仿佛盯着他的午餐一样。

他说：“哦，大哥，不用担心，我和我的同伴会把浴室清理干净的，就像我们来之前一样干净。”

男孩点点头，关上门，走到静悄悄的客厅，发现上午电工用来垫脚的椅子并没有挪回原位，从其他椅子的角度看过去闪闪发光；那张报纸还留在上面，也没有被拿掉。他把椅子摆平，把这张上周五的报纸折好，然后走到墙边，手伸向墙上整洁的开关面板，试探性地打开开关，风扇开始慢慢旋转。当他盯着三片扇叶时，发现风扇在加速，转眼扇叶便融入无数次的辐射式旋转运动中，不见了踪影。直到他关闭开关，风扇才慢慢停下来，三片扇叶也像经历过一场洪水一样重新显露出来。他低头往下看，发现放在桌上的报纸被悄无声息地吹到了客厅角落里。

他喊：“贾达夫，贾达夫。”

没人应。他提高嗓门，一字一顿地喊：

“贾——达——夫。”

这次还是没人应。他先去厨房，再去贾达夫的小房间，发现房间灯亮着，但里面没人。他关掉灯，打开一扇连接门，走到通往前门的过道，发现贾达夫穿着睡裤和白色汗衫，站在门

悠长假日

口抽着土烟，跟清洁工聊天；而清洁工拿着一块湿抹布，正在擦公寓外面的地板。灰色的阳光洒在门口长方形地面上，两个人的身影仿佛定格在一幅加了外框的画里。

男孩从他们身后走过来，问："贾达夫，怎么回事？你没听见我喊你吗？"

贾达夫转过身，把土烟藏在背后，问：

"大哥，你喊了我吗？我一点也没听见！"

男孩说："你站在这儿跟这个人聊天，怎么能听见呢？"

心虚的清洁工头也没抬，就拎着桶子，拿着湿抹布，溜走了。他身后留下擦得锃亮的地板，在阳光下熠熠发光，散发着消毒液的酸臭味。

男孩说："还有，你房间灯也没关。你不知道，这样会浪费钱吗？"

贾达夫露出忏悔的表情。他故意把拿着土烟的右手藏在身后，但一缕缕青烟从他背后冒出来，让他露了马脚。

男孩问："你的手着火了吗？"

贾达夫故意问："大哥，有火吗？"但青烟像易碎的楼梯一样，继续从他脑后往上升。

男孩说："有，你的手——着火了吗？"

贾达夫矢口否认："哦，没有，它只是……"

男孩无奈地摇摇头，笑了起来。贾达夫看到男孩笑，也跟着笑起来。贾达夫是对男孩笑，但男孩是因为自己的想法笑。贾达夫误以为他们之间达成和解，没事了，但是男孩随即收敛起笑容，贾达夫忐忑不安地低下头。

男孩说："我现在已经忘了，刚才为什么喊你。"

男孩在起居室的沙发上睡着了，做了个梦：梦见他和父母出门了；贾达夫光着上身，大摇大摆地在房子里走动，下身还穿着男孩的睡裤；电工和两个水管工站在门口，跟贾达夫说话，而贾达夫却在客厅；客厅所有灯大开，但屋子里没有风扇——尽管男孩跟随父母外出，不在家里，但依然在跟贾达夫说话，告诉贾达夫电扇的事情。

他醒来，发觉喉咙干燥，于是起身回自己房间。他发现浴室门紧闭，打开门，看到里面空荡荡的——敲碎的水泥依然散落在地板上，但其他的一切似乎完好无损。他打开水龙头，令人沮丧的赋格曲①又开始奏响。他关掉水龙头，咒骂了几句："没有，他们什么也没有做好，没有完成工作……那个男人承诺过，会把这里打扫干净，而实际上却没有完成……"他们现在跑到哪儿去了？男孩边想边走进客厅，再去起居室，再从厨

---

① 赋格曲：复调乐曲的一种形式。"赋格"为拉丁文"fuga"的译音，原词为"遁走"之意。

房走到贾达夫房间，然后从客房走到父母房间，此时父母已经
安然入睡。贾达夫和水管工都不在屋里。男孩心想，他们都是
行踪不定的鬼魂。他喊"贾——达——夫，贾——达——夫"，
这次声音不大，只在他脑海中一遍遍地无声地重复，所以根本
没人听见。

房屋里的小插曲

　　女士半夜醒来，觉得口渴，便在黑暗中摸索着找水壶。她的手碰到一个物体，虽有水壶的人造光滑度，但并没有水壶的圆润。她觉得这是台灯，便绕开它，继续摸索。她的手指试探性地沿着一本翻开的书的书脊往下摸，摸到一片空白区域，她觉得应该是放水壶的地方。但她的手很快证实，水壶不在这里，于是伤心地缩回手，打开电灯。

　　她愤愤地说："那个男孩，真没用。"

　　丈夫异常清醒地问："为什么这么说？"

　　她疲倦地说："水壶。"

　　丈夫没说什么，因为他根本没听懂她的话，但如果他如实说自己没听懂，她又会不高兴。

　　"他没有拿水壶过来。"

　　丈夫说："哦。"随即又机智地补了一句，"他没花心思在工作上。"

　　女士表示赞同，说："确实没有。他一门心思要衣服——牛仔裤、衬衫等，还每周末去看他父亲。我讨厌他父亲，那家伙像硬纸板一样索然无味。"

　　他们说话时，方圆数英里万籁寂静，月光如水。女士起床离开房间，缓步走向厨房，看见男孩在客厅睡觉。他躺在电风扇下面的地毯上，嘴巴张开，身体呈现极为舒适的姿势，仿佛在说：在四月里炎热的夜晚，只穿一件棉质睡裤，躺在快速旋转的电风扇下面，吹着凉风睡觉，是多么惬意啊。女士走进厨房，打开日光灯，日光灯总是先忽闪忽闪一阵，才会稳定下来。她借着蓝色灯光打开橱柜，里面有一排干净的水杯。她随意挑了一个，这时突然注意到一部分地板似乎在移动。仔细一看（她没戴眼镜，所以很难看清楚），她看见许多黑色的小蟑螂正在她脚下的地板上转来转去，就像在星期天晚上闲逛或者在过节一样。它们到处爬，像夜空中瞬息万变的群星一样，生机勃勃，又令人厌恶。她轻轻地放下水杯，关掉电灯，匆忙跑回卧室。

　　女士激动地说："里里外外，里里外外都要打扫。"

　　早上，她像威武的司令一样站在厨房门口，而昨晚那个张着嘴睡觉的男孩则拿着湿抹布和软扫帚，蹲伏在橱柜前面，埋头打扫。

她数落道："偷懒的小子！你把厨房弄得一团脏。"她走到灶台边，摸了摸后面的墙壁，发现墙壁上结了一层花生油和姜黄粉。"我看你还敢不敢提这周末去看你父亲。"男孩拧了拧抹布，开始擦洗墙壁。"你下次再向我要皮尔斯香皂①，你试试会怎样！你这小子，都被惯坏了。皮尔斯香皂！——从现在开始，你只能拿卫宝香皂②。"

男孩想起暗红色的皮尔斯香皂，像镜子一样光滑可鉴，你可以透过香皂，看见自己的手，并且闻到它的香味，但他嘴上却说："我不介意，卫宝香皂也不错。"

女士气急败坏地说："当然不错！"这时，突然有两只蟑螂，像夹着公文包的生意人一样，正在放炊具的窄架子上飞速游走。她惊讶得目瞪口呆，随即指着蟑螂，朝男孩呵斥道："不许顶嘴！你看这些蟑螂，都猖狂到什么地步了，连白天都敢出来！"

男孩说："夫人，谁知道它们从哪里冒出来的，太神奇了！"

"我知道它们从哪里来。"女士做出很有耐心的样子，走

---

① 皮尔斯香皂：一款国际知名香皂品牌，1807 年首次由安德鲁·皮尔斯在伦敦生产和销售。

② 卫宝香皂：始创于 1894 年，是联合利华旗下品牌。

到装满蔬菜果皮、蛋壳、鱼骨头、鸡骨头、陈米和木豆的垃圾桶旁边，说："这个讨厌的垃圾桶，它们就从这里来。"男孩走过来，站在她旁边，好奇地盯着垃圾桶。女士说："没有盖上。这就是原因。我要你每天把垃圾清理掉。"

男孩说："好，好，我每天清理。"

女士语气也稍稍宽容了一些，说："不要撒谎。你以后哪里也去不了。从今晚开始，你每天晚上要在厨房喷弗利特杀虫剂——不，不是弗利特，是残杀威。"

男孩问："我去哪里买残杀威？"

女士想起刚才那两只蟑螂，吃惊地瞪着男孩，问："难道这个还用我告诉你？"

男孩连忙说："不用，不用。这里有很多商店，我去看看……"

下午，女士的丈夫开车去大湖市场。大湖市场什么都有卖，小到晒衣夹、玩偶、化妆品、水桶，大到三轮脚踏车等，应有尽有。下车后，他径直走进市场外一家商店，问柜台后面的男人：

"有塑料垃圾桶卖吗？"

男人大喊一声："巴拜！给他拿塑料垃圾桶！"

女士的丈夫笑着补充道："带盖子的。"

男人又大喊一声："带盖子的！"

那个叫巴拜的男人过来把女士的丈夫领到小店左边入口，那里存放着一些桶子，实际上是垃圾桶。他拿出一个像非洲鼓一样大的垃圾桶，在上面盖了个盖子。

女士的丈夫问："有没有小点的？"

巴拜默默地拿出一个冰桶①大小的垃圾桶。女士的丈夫仔细研究、对比了一下大鼓和冰桶两个型号的垃圾桶，使劲想象着它们放在厨房的样子。心里嘀咕着：要是她说了想要多大尺寸就好了。与此同时，巴拜一直盯着他的脸，等他做决定。

巴拜说："大的要六十五卢比，小的要二十五卢比。"

女士的丈夫轻轻拍了拍垃圾桶，没有吭声，随后哼起了小调，似乎很纠结，又很欢快。

他问："没有介于这两种型号之间的吗？"

巴拜说："没有了，断货了。我们是从孟买进的货。"

最后，他终于下定决心，说："那就给我拿大的吧。"说着，他掏出钱包，数着，"五十、六十、六十五……"

他眼睛定定地看着垃圾桶，心想：要是颜色再漂亮点就好了，也许我该问问有没有其他颜色，但毕竟，只是个垃圾桶而

---

① 冰桶：餐桌上冰镇酒或饮料的小桶。

已，用了一个星期以后，颜色就无所谓了。他双手捧起垃圾桶，朝车子走去。过往的行人都盯着他。

吃过晚饭后，女士和丈夫坐在客厅看电视，是关于稻田的纪录片。男孩洗完碗，开始在厨房喷残杀威。他用力挤压抽气泵，让杀虫剂喷射出来。每按一次，抽气泵就"嘻嘻嘻"地响一次。

女士用手指捂住鼻孔，嫌弃地说："嗯！好难闻的味道！"

丈夫说："是你要人家喷的。"

她说："我们以后连电视都看不了，当然，也没什么好看的。"

他随声附和道："没什么好看的。"

这时电灯突然熄灭。电视中间闪过一道微光，像天际中游移的星星，旋即这道光也消失不见了。

黑暗中响起女人的声音："太奇怪了，停电随时发生。"

接着是丈夫的声音："简直是一场灾难。"

她说："供电情况没有改善，反而越来越糟糕，一天比一天糟糕。"

丈夫若有所思地回答："他们应该公布一下停电时刻表，告诉我们具体哪些时间停电。"

厨房里一直传出喷射声。女士小声嘀咕："那男孩还在喷。

我不叫他停，他会一直喷下去。"此时，女士的身影在黑暗中渐渐变得清晰。

丈夫说："那就叫他别喷了。"他的声音听起来有点暴躁。

她怂恿丈夫："你去叫。"

于是丈夫喊道："拉姆！拉姆！"

男孩在厨房里应："老爷，什么事？"

丈夫说："拉姆，别喷了。现在不用喷。"

男孩说："好的，老爷。"

他们在黑暗的客厅坐了一会儿，聊了聊用人为什么总是这个德行，并得出结论：因为用人小时候营养不良。他们实在难以忍受被杀虫剂污染的空气，摸黑走进房间，但杀虫剂的味道也跟着进了房间。

可惜的是，蟑螂并没有被全部消灭。每天早上，男孩扫掉一堆死蟑螂，但到了晚上，又有新的蟑螂在厨房出没。男孩和女士都感到筋疲力尽。

她盯着盖了盖子的垃圾桶，不解地问："这些蟑螂到底从哪里来的？"因为垃圾桶看起来像个巨型糕点，不至于脏乱得惹蟑螂。

男孩探身朝厨房窗户外看了看，说："夫人，它们是从楼下沿水管爬上来的，然后从窗户爬进厨房。"

女士问："爬上十楼？"

男孩说："是的。"

女士把头贴在窗棂上往外看，但什么也没看到。她努力在脑海中构思蟑螂的样子：它们深棕色的翅膀像磷一样闪闪发光，细细的腿像弯曲的灯丝，长长的触须非常灵敏。显然，这种生物并不是上帝创造的，而是在上帝存在之前就已存在。她竭力想象着：这些贪婪的小身体里面竟然蕴藏着人类的智慧。

她说："我不相信。"

男孩肯定地说："哦，是这样的。清洁工也这么说。"

女士说："我要打电话给害虫防治办，我这就出去打电话。"

女士家里的电话已经坏了三个星期。午饭后，女士的丈夫拿到一封措辞激烈的信，是拉什贝哈里大道一家专业打印店打印的，于是开车到所在区域的加尔各答电话局。里面两个柜台前面已经有形形色色的人排着长队，有穷人、中产阶级，文盲、教师，老妇人和儿童等。他们手里拿着表格，用手帕轻拍脸部，站在那里耐心等候，仿佛是为了一睹信仰治疗家或圣人的风采。女士的丈夫也加入到队伍中。

男孩问："我要把这些东西遮住吗？"

今天是害虫防治日。橱柜已被清空，所有东西都搬到了客厅里，放在餐桌上，有盆、平底锅、碟子、水杯、厨房用的小刀、糖罐和盐罐、调味品、茶壶、杯子、茶托、餐具、瓶子、罐子、茶叶过滤器；还有其他各种东西，有装饰品，也有小件物品，如旧汤匙、生锈的不锈钢马克杯、被遗忘的烧瓶、残缺的碗碟（上面还有蜡烛）……它们全都被清空了，这个家庭所有的日常厨房用品统统被清空了。男孩在这一大堆东西里面走来走去，用过期的《政治家》报纸遮盖在上面。

女士说："当然，你得遮住这些东西，否则它们会沾上杀虫剂的味道，好几个星期都不会散。"

所有窗户都关拢，窗帘也拉下。女士准备出门避一避。她穿上艳丽的纱丽，手挎一个大包，包里装着各种小饰品和一件供晚上换洗的干净纱丽。

她说："我打算先去我姐妹家，再去我兄弟家，然后再跟老爷一起回来。他们杀完虫以后，你等两个小时，再开窗。你把所有的东西放回原处，等太阳下山再拉起窗帘，否则对地毯不好。之后，你和清洁工把房子打扫一下。"

男孩说："好的，夫人。"他想到可以单独待在房子里五个小时，就觉得很开心，甚至感觉自己高兴得要跳起舞来。等下他下去叫清洁工时，可以抽上一口土烟，玩一圈扑克牌。

女士打开前门时，又叮嘱男孩："记得打扫房子。"

男孩感觉自己如天使般轻盈，欢快地应道："好的，夫人。"

房间和客厅显得分外宁静、空旷，又如大战前夕的战场，意义非凡。

新来的女佣

新雇的女佣今天早上来上班。她按了按门铃，顿时响起钟鸣般的声音，这是今天奏响的第一首乐曲——非常短暂，但悦耳动听。给她开门的是雷曼。

女士和丈夫正坐在桌边用早餐。有些暗淡的阳光穿过阳台，照在餐桌上、他们的脸和手上。一群鸽子开始忙碌，咕咕叫个不停，声音轻柔、流畅，跟其他声音截然不同。

女士没有打开电扇，因为不断有凉风从阳台吹进来。丈夫的眼部还有些红肿。当他拿着烤面包一口咬下去时，嘴里突然发出急促的爆裂声，连他自己都大吃一惊。卧室新买了电灯，床铺也没有整理，头天晚上睡过的被子还严严实实地捂在床上，枕头已经被挤压得变了形。被子和枕头都光溜溜的，没有套上被套或枕套。

女佣走进房间，有些迟疑地开始铺床。因为是第一天上班，她感到有些拘谨，于是踮着脚尖踩在地毯上。雇主家的公

寓很漂亮，在她看来，里面的一切仿佛都是用白糖、开心果、
粗糖、焦糖或其他香喷喷的食物做成的。凸起的大理石窗台如
果可以尝一口，估计也会跟薄荷糖一样清凉又甘甜；深色木制
家具大概会像焦糖一样苦中带甜。她两条手臂几乎完全伸进被
子里，再把被子掀起、折叠，放在床下的一端，再用力拍打枕
头，让它们显得蓬松饱满，然后平放在床头。

　　女士哼着歌走进来。她上午总是容光焕发、生机勃勃，不
像她丈夫那样有气无力；到下午，她会深度睡眠一个小时。然
而，她晚上会习惯性失眠，所以每到天亮，心情就豁然开朗。
早上起床后，她通常要喝一杯金色早茶，茶里面不加糖，清淡
如水，但足以令她神清气爽。淡茶的味道让她联想到清晨，联
想到新生命、健康和旅行。她利索地把头发箍成一个圆髻，这
个敏捷的动作让她莫名振奋。头发这种东西让人捉摸不透，又
令人苦恼；它阴暗、柔软，像丝绸一样，让人感觉是人造之物，
所以跟身体其他部位截然不同。她穿了一件浅色棉质家居服，
这件家居服是孟买一位帕西①裁缝做的。虽然她觉得穿上这件
家居服显得有些滑稽，但高兴的是它能遮住脚，并且毛茸茸
的，非常轻盈飘逸，仿佛能带着她一起飘起来。尽管她已年过

---

① 帕西：又称"印度拜火教徒"，他们八世纪从波斯移居印度。

六旬，但每天都能找到让她感觉年轻的东西。

她止住歌声，一连在床边转了好几圈，问：

"你叫米拉，对吗？"

女佣低声应道："是的，夫人。"

她说："跟我来。"

她领着女佣去衣柜边，女佣低眉顺眼地跟在她身后。外面的阳光越来越刺眼，鸽子的叫声干瘪、吵闹，甚至汽车的喇叭声也跟二十分钟前明显不同，这暗示着司机更加急躁与绝望。她打开衣柜，里面光线昏暗，凉气逼人，衣柜隔板上放置着衣服、被单和毛巾——它们经人类之手折叠整齐，然后像孩子般侧躺在衣柜里沉睡。女士指了指衣柜里面，说："这叫'床罩'。"她说"床罩"两个字的时候，用了英语。

她们走到床边，女士利索地把床罩展开，这时上面的印花似乎苏醒、舞动起来。女佣好奇地看着，生怕印花掉落在地板上。

女士说："看什么？是看它有多美吗？"

女佣低声说："夫人，让我来吧。"

女佣双手接过床罩，她的手呈棕褐色，小而坚硬，女士看了，不禁有些心疼。这时她手腕上的有色玻璃手镯发出清脆而短暂的叮当声，女士听了，又有些难过。女佣"啪"的一声展开床罩，铺在空床上，然后开始往各个方向拉平，她做得非常细致，但略显慌乱。床罩每次被她拉动，都会像波浪一样微微鼓起来，像在抗议似的。女士叹了口气，说：

"不能这样弄。你要把它铺展到床上，让它盖住整张床，然后往后退一步，看看有没有平整。你一定要学好铺床，床罩歪歪扭扭是最让人受不了的，会破坏整个房间的形象。"

她边说，边敏捷地弯下腰，做出一连串匀称又准确的动作，从床的三个面把床罩拉平。她敏捷的程度让人吃惊，而弯腰的姿势又有些滑稽。女佣在一旁认真观看。

女士气喘吁吁地问："看，是不是很简单？"她脸微微发红，但露出胜利的喜悦。"有点热！"她走过去，迅速打开电扇。当电扇开始转动时，一张纸神奇地飞到半空，掉落在地毯上，随后又像失去方向的游艇一样漂来荡去。女佣微笑着去追那张纸，在房间里跟它进行短程赛跑，最后果断出手，用力一抓，终于抓住了。然后，郑重其事地把它放回原处。女士说："现在你来，把床罩抚平，把边沿紧紧往里包起来，这样的话，就算有人整天坐在上面或躺在上面，它也会纹丝不动。"女佣顺从地上前一步，又花了十分钟仔细调整好床罩的四条边，调整到满意为止。对她来说，铺好床罩是一项基本要求，因为她认为，早上把床整理得清爽整齐，是理所当然的事情，跟起床后喝杯早茶、享受阳光一样自然。

客厅里，女士的丈夫坐在沙发上看报纸。他戴着一副专门用来阅读的微型眼镜，看上去像科学家一样有着强烈的好奇心和探索精神。他的头后面有一幅画，画是妻子买的。画上有一只小鸟，并不是什么特殊种类，只是画家凭空想象出来的；它的羽毛五颜六色，但翅膀和喙并不是完全虚构的，有明显的鸟类特征。白天，由于天气太热，所以窗帘半拉下来，整个客厅像树林深处或者阴天一样，光线暗淡。画上的小鸟似乎在沉睡，但到夜晚，灯光璀璨，小鸟似乎苏醒过来，恢复了活力。

女士溜达到客厅，问丈夫：

"你上午要出去散散步吗？"

丈夫回答："太热了。"

她说："你不必下楼。可以在家里走动，从客厅走到餐厅，再从餐厅走到客房，最后再走回客厅……这样可以走半个小时。"

丈夫似乎来了兴致。

他说："我可以这样散步？"

她坚定又热心地说："你当然可以。我会在房间打开电扇，你就不会觉得热了。"

他说："不，不用开电扇。"

他站起身，开始散步。退休后，医生跟他说散步对他身体有好处。他需要干点什么，而散步就是一个好主意。任何人都不该无所事事。他顺着身体的节奏活动起来。当他走到客房的一端时，朝窗外瞄了一眼，看到路上的有轨电车和树木，还看到对面低层建筑的阳台。这一眼加深了他对加尔各答的不良印象：建筑物破旧、面积摊得过大、交通网络错综复杂。他带着这种印象转过身，继续走。他感到自己像小说中的人物，因为向外瞥了一眼而穿越到现实世界当中，在这里过着短暂又虚幻的生活，但是他又能经常感知现实世界的一些东西，如热气、凉气和出门吸入的灰尘等。因此，他确信：自己是存在于现实世界的人，是过着真实生活的人。要不是因为这些东西，他会轻易地相信自己就是小说中的人物。他往回散步时，经过餐厅，注意到雷曼在厨房切东西。他照着这条路线，反复走了半小时。

但现在，新来的女佣拿着扫把走进客厅，弯腰开始清理地毯。这样一来，他要经过客厅，除了绕开中间的桌子，还得绕开女佣，但他并不介意——这种绕道让他心情愉快。她深色皮肤，个子娇小，穿着一件颜色暗淡的纱丽，但她的头发拢到脑后，上面插了两朵红花，似乎在无声地歌唱，庆祝什么节日。

当她用扫把坚硬整齐的猪鬃打扫地毯时，地毯上出现了一个个新月形状的图案。她腋窝周围的衬衣上，印出两片汗渍，像两个黑色月亮。此刻，她"嗖嗖"地挥动扫把，把地毯上的灰尘和羊毛扫到一个角落里。她抬起头，发现雷曼正在厨房看着她。

他走到厨房门口，问："你要来杯茶吗？"

她停下来，屏住呼吸，微笑着对他说："现在不用，再过十五分钟吧。"

他语速飞快地说："我还是给你泡杯茶吧。"说完，他立马不见了。

女士的丈夫站在客房看着他们，但只能依稀听见他们在说话。他看到女佣对雷曼微笑，注意到她的微笑跟她的小嘴非常契合，但他并没有细想这个问题。他去客厅要先经过餐厅，当他在餐厅从女佣的身边经过时，她已经在继续干活了——仿佛在她眼里，只有灰尘才是至关重要的。

过了一会儿，她开始拿湿抹布擦地板。女士的丈夫觉得已经走得差不多了，因为女佣总是出现在他的路线中，让他有一种负罪感，总觉得对女佣而言自己可能碍手碍脚的。他回到卧室，发现妻子已经从浴室出来。她正用毛巾擦干头发，眼睛则一眨不眨地盯着镜子，仿佛从来没有见过镜子里的自己。她看起来多么年轻啊！——看上去像只有三十五岁。

悠长假日

　　她眼睛仍然盯着镜子，问丈夫："你走完了吗？"她的声音听起来很纯净，像用水洗过一样。

　　他嘟哝了一声："走完了。"然后，他突然想起他的报纸来，不情愿地转身打开门。外面，潮湿的地板散发着一股消毒水的酸臭味。女佣开了电扇，让地板快点吹干。他不耐烦地走到电扇下面，突然迎面吹来一阵风，夹杂着一股经久不散的酸臭味。

　　此时，女佣正在厨房水槽边气喘吁吁地洗手。

　　雷曼说："不要让夫人看到你在这里洗手。"

　　她有些恼火地问："为什么？"

　　他说："没什么，只是她不喜欢别人在厨房洗手。你要去里面的浴室洗。"说着，他用手指了指左边一扇门。用人的浴室很小，里面只要发出一点声音，都会有回音；里面有洁白的瓷砖，有一个照明用的电灯泡，还有一个永远在滴水的水龙头。他轻声说："厨房只能洗菜。"他说"厨房"两个字时，用了英语，其余的字则是印度语和孟加拉语混搭。这样，"厨房"两个字就以一种神秘的方式凸显出来，仿佛它不仅仅是一个房间，而是一种生活方式。

　　她满不在乎地把手拢成杯状接水喝，然后动作优雅地用纱丽擦了擦嘴和手——这个动作似乎是专门做给雷曼看的。

他说："给，你的茶。"

她双手握着水杯，蜷坐在一张木凳上，身体向前倾，啜饮杯子里的水，发出持久、响亮的声音，让人一听，就知道她喝得非常尽兴。雷曼一边用白布擦干盘子，一边看着她。他的目光扫过她的脖子，几乎没有瞥见她头上的两朵花。她的胸部被膝盖遮挡，背部弯成一条线，像一条没有完工的曲线。他还发现，她的肩膀有点往下塌，并且有些僵硬。

她问："你这里有面包吗？"

他走到冰箱前面，伸手到冰箱的顶部去拿他之前放在上面的塑料盒。伴随着"噗"的一声，他打开盒盖，拿出两片白色面包递给她。她小心地把其中一块折起来，放在水杯里蘸水，等到面包吸水变成棕色后，她才拿出来。此时已经是上午十一点。

下午，女士小睡时，总觉得听到电话铃在响。正当她打算起床接听时，突然意识到不可能有电话铃响，因为家里的电话坏了好几个月了，一定是下午过于宁静，然后有什么东西一下午都在振动，所以她才听错了。

她翻身侧躺，发现丈夫也还没睡，正在看报纸。她很好奇他看的是什么内容。随后，她又想到另一件事，觉得有必要叫雷曼把塞满客厅两个抽屉的旧报纸卖掉。雷曼一定很乐意

卖报纸，当然，也一定会忘记把卖报纸的钱交出来，想到这
里，她不禁对雷曼有一种冷冷的鄙夷。她总会莫名其妙地对他
很恼火——也许跟他处事圆滑，两眼血红和大腹便便有关；她
最憎恨的是他的大肚子，觉得它对自己是一种特殊的挑衅，因
为它似乎无视自己的权威，在某种意义上，这个家仿佛由它说
了算。由于她对雷曼满腔怒火，所以总是怀疑他没有尽心尽责
地把垃圾倒入垃圾运送槽，她决定以后找个时间跟他谈谈这件
事。最后，她想起新来的女佣米拉，心里的怒气才渐渐消除，
继而眼前出现多姿多彩、温柔优雅的影像。她觉得这个女孩贫
穷、真实，又吃苦耐劳，所以值得信任。

　　客厅的外面一团漆黑，玻璃嵌板后面的架子上，时钟嘀
嗒作响。厨房里的电灯还亮着，因为厨房跟隔壁公寓的厨房正
好相对，所以照不到阳光；而且厨房窗户大多数时候都是关闭
的，免得去看对面公寓的用人——既避免了对视的尴尬，又避
免了偷窥这种不必要的好奇心。排气扇不停地转动，不是把新
鲜空气，而是把厨房特有的浊气吹到房间。雷曼刚洗完碗碟和
平底锅，把它们乱七八糟地放在水池边，在日光灯鲜蓝色灯光
的照射下，它们也熠熠闪光。最后，他把几堆剩饭剩菜分到两
个钢盘里，一盘给自己吃，一盘给女佣。

　　女佣正在用人专用的小浴室洗澡。水流发出阵阵波溅声，

在这声音的间隙，她听见外面水管上一窝鸽子正在咕咕叫唤。有一次，她听到隔壁公寓有个小孩哭闹，她暗自叹息，然后在身上涂满皮尔斯香皂。当她睁开眼睛（因为她洗澡会闭上眼睛，仿佛洗澡是一种做爱的方式或者一种连自己都不宜目睹的亲密行为，又或者仿佛洗澡是她沉醉其中的一个梦境），她看见手上的香皂——一块正在溶化的小东西，像真正的蛋糕那样隐隐散发清香。这块香皂是女士出于好心送给她的。它几乎通体透明，皂心清晰可见，连女士都惊讶不已。女士实在是太好了，送给她皮尔斯香皂，而不是卫宝香皂或者阳光香皂。她双手擦洗着身体，在灯光映射下，皮肤渐渐像波光粼粼的流水般闪闪发亮。此时，她沉浸在无限遐想中，有些忘乎所以。突然，门外传来雷曼简短的声音：

"开饭了。"

她猛然清醒，假装不在浴室，一动也不动敢。直到感觉他已经走开，她才匆忙拎起桶子，把剩余的水浇到身上，擦干，低头；她专心致志地穿上衬衫，扣好纽扣，并把衬衫两侧的凹陷处往上提了提，让它们像铲子一样托起两个乳房，就好像托起两堆泥巴；然后，她迅速地套上裙子。她非常警觉，像只小鸭子一样蹑手蹑脚地走到门边，确认雷曼不在门外（她听见雷曼在厨房发出"丁零咣当"的声音），才随意地披上纱丽，走

出浴室，来到用人房。最后，她走进厨房，发现雷曼正在等她
吃饭，但他故意忙些杂七杂八的事情——把炖锅从左边轻轻挪
到右边；打开冰箱门，看看里面的灯，又关上冰箱门——假装
不是在等她。

他们默不作声地在两大盘食物前面的地板上坐下，开始
大吃起来。吃饭是件让人激情澎湃的活动，它的妙处无以言
表。但她还是忍不住开口了。

她咬了一根辣椒，说："这辣椒真辣！"

雷曼粗声粗气地笑了笑，有点滑头地说："辣椒当然是辣
的。"然后他又补充了一句，"但小辣椒是最辣的。"

两人再次陷入沉默，手指专注地抓着食物往嘴里送。雷
曼边吃边思索着，她来这里之前，这个厨房很安静。她太年轻
了，能学会怎样……想到这里，他的大脑突然有点卡壳。不管
怎样，那个叫塔帕斯的男孩从一开始就非常尊敬他，唯一的缺
点就是看过太多电影，如果塔帕斯去了孟买看电影，那根本没
什么大惊小怪的。

女佣问："你在家乡吃过辣的食物吗？"雷曼的家乡在比
哈尔[①]，他的妻子、孩子以及七十二岁的老父亲一起生活在比哈

---

① 比哈尔（Bihar）：印度东北部一座城市。

尔一个村庄里。

他回答："吃过。"然后，他不屑一顾地说，"这种食物不算什么。我们吃的食物会辣得流眼泪。"她睁大眼睛，表示回应，然后半开玩笑地拿起一根辣椒，问：

"在你们的方言里，怎么称呼这个？"

他盯着辣椒看了一会儿，似乎在测量自己的眼睛和她的手之间的距离。

他有些不怀好意地说："米拉希。"他吐字的方式让这个叫法听起来有些恐怖。女佣被逗乐了，轻轻念着：

"米拉希！"她接着说，"我以前在一个旁遮普人（巴基斯坦族群）的家庭里干活。他们不吃米饭，只吃馅饼。"

雷曼满嘴含饭，小声嘟哝了一句："旁遮普人吃馅饼。一个旁遮普人一餐能干掉七八个馅饼。"

她说："他们给我们两个馅饼和两盘木豆菜，但我喜欢吃我自己的食物，再拌点酸辣酱……很过瘾！"想到酸辣酱，她高兴地抖动了一下，舌头发出一种被辣椒刺激得很爽的声音。

雷曼嘴里吞咽着食物，眼睛却瞟着她。他有一坛杧果酸辣酱，藏在橱柜底部最暗的那一层，夫人早就遗忘了它。有时，他确定夫人在睡觉，就会拿出来，切四分之一个洋葱，跟辣酱和一张吃得只剩新月形的冷馅饼拌在一起，然后吃下去。以前

塔帕斯在的时候，他会跟这个男孩一起分享，并且会一下子觉
得跟男孩亲近许多。他思忖着，万一夫人想起这坛辣酱，他就
绷着脸把它端上桌，装作什么也没有发生；如果到时辣酱吃完
了，坛子空了，他就装出无辜的笑脸，一口咬定是夫人很早以
前自己吃了；如果情况还是对他不利，他就假装从来就没有过
这坛辣酱。他不确定自己是否应该分一点辣酱给女佣，但最后
还是决定暂时不分，还是等慢慢了解她再说。

她惊呼："哦！我吃太多了！"

她的盘子已经空了，粒米未剩，仅剩一片沾了姜黄粉的
月桂树叶和两个裂开的豆蔻荚。盘子空空如也，看起来特别干
净，像刚洗过似的，当她把脸往前倾时，她脸部轮廓清楚地倒
映在盘子里。她打了个嗝，打嗝声总是跟空气混为一体，毫无
意义。她看了一眼雷曼，难为情地笑了笑。

她把刚才的话重复了一遍："哦！我吃太多了！"

雷曼此时放下戒备，说：

"我还有一些酸辣酱。"他语气听起来像慈祥的祖父，温
暖又宽容。

她惊讶地看着他，天真地问："你有酸辣酱？"

雷曼沉默了片刻，笨拙地站起身。他也吃完了，在洗涤
池里冲洗自己的盘子，并且快速洗完手。他经过一番深思熟

虑，才转身走向橱柜。他走路时，仿佛是大肚子在前面为他带路，而他只是紧随其后而已。他费力地蹲下身（当一个男人被一个女人迷得神魂颠倒时，是愿意为她做任何事的），脸上带着深深的、没人看见的专注，把手伸进橱柜底层，态度坚决地摸索了好一会儿。最后，从一堆乱七八糟的炖锅和废弃的碗碟里面，终于找到了做工精巧并且闪闪发光的坛子，坛子里装着切成小片、腌制许久的杧果，它们浸泡在金黄色油料里，没有一丝晃动。

他用力旋开盖子，说："你看，美味的酸杧果……"

她完全陶醉了，小心地捏起一片，吮吸了一口，顿时酸得脸部皱缩一团。好一阵子，两人一言不发，她想任这种无声的满足感肆意蔓延，然后将她包围。终于，她站起身，去洗盘子，雷曼则坐在凳子上，用火柴棍把牙齿里的残渣剔出来，轻轻吐掉。这时，门铃突然响起，像编钟发出的奇怪音乐。她温柔地应了一声："来了。"如唱歌一般，但只有她自己能听见，"来了。"她飞快地穿过用人房，穿过通向过道的门，倾身抵在富丽堂皇的棕白色前门上面，踮着脚尖，将一只眼睛贴在窥视孔上面，仔细看按门铃的人。然而，外面一片漆黑，什么也看不清，只恍惚看出有一颗头颅，看起来比身体大好几倍。她看着门锁，茫然无措，迟疑不决，但最后还是把门打开了一点。

外面站着一个男人，一只手拿着扫把，另一只手拎着桶子，腰间围着一块深蓝色腰布，长及膝盖。

她略带敌意地问："谁呀？"但询问语气最为明显的时候，声音又因胆怯而变得嘶哑。

这时，厨房的雷曼懒洋洋地说："是潘纳。让他进来。"

她不情愿地站在一边。这个神秘兮兮的男人像没看到她似的，满脸不悦，走了进来。他身体前倾，透着疲惫，这种走路姿势竟让她莫名其妙地觉得有种吸引力。他径直走到客厅，绕了几圈，便消失了。

当她返回厨房时，皱起眉头，问："这人是谁呀？"由于她初来乍到，所以这个家里的一切和这里发生的一切都令她感到新奇，也让她增长了见识。

雷曼正昏昏欲睡，觉得肚子已经进入休眠状态，所以只短短地回了一句："是潘纳，来打扫浴室的。"

但她自己也犯困了，经不起别人打搅。那她该睡在哪里呢？她随意走进客房，房间里有块熨衣板，从早上开始就一直在那里，熨衣板上面还铺有一件正面朝上的衬衣。她本能地把看上去有点皱的袖子烫平，再去开电风扇。突然，她的目光落到墙上一幅蹩脚的画上面（这是女士一位好友所画，也是这套公寓里唯一蹩脚的画），它展示的是孟买的天际线和阿拉伯海。

可能是天空画得太蓝或者海上的波涛画得太多，也可能是颜料干得太快，这幅画看起来像一团团斑块。右下角的签名字体太大，跟其他部分极不协调，但是女佣的目光在画上停留了足足一分钟。她才不管什么美感，只是欣赏画上各种颜色而已，这些颜色无比自信地向四周蔓延。她偷偷地摸了一下画，想看看手感如何——这是一幅画在画布上的油画，她的手指摩挲着，感到有些粗糙，就像触摸老男人的脸颊一样。摸完油画，她感到心满意足，接着就躺倒在地毯上了。她的右边是专门为客人准备的床，左边是一扇大窗户；窗外，夏末的云朵如乌龟般慢慢游走，慢得让人无法觉察……她很快便沉沉睡去。这个穿着纱丽的瘦小身影，蜷缩在地板上，她的呼吸偶尔变成轻微的鼾声，这鼾声透露出与她性格相符的细心与温柔。

那天晚上，雷曼在浴室洗脚时，注意到窗台上有两朵花。他让冰冷的水任意流过脚踝，打湿卷起的裤腿。这时，他探身过去拾起花。起先他感到惊讶，毫无防备，以为它们来自同一盆花——那盆花一定更大，枝繁叶茂，并且神秘莫测。但是，当他将两朵花合在一起时，才意识到这是女佣戴在头上的花，一定是女佣当天下午洗完澡后，不小心遗忘在这里的。慢慢地，他想起白天的情景，仿佛听见她的声音，在跟他谈论辣椒，不禁暗自笑了起来。他独自在小小的浴室，用流水冲着脚，嘴角泛起一丝羞涩又若有所思的微笑——他总忍不住这样笑。

他拿着这两朵干枯的暗红色的花走进厨房，心想：明天我跟她讲，叫她不要随便乱放她的花，我可没有责任帮她收拾。但突然，他的内心又激起一阵好奇，他在蓝色日光灯照射下的餐具室里静静地站了好一会儿，微微低下头，嗅了嗅两朵花。此时，这个穿着紧身汗衫和白色工作裤（裤子边缘又黑又湿）的男人正把花贴在鼻子上嗅探，他看起来人高马大，内心却细腻得有些滑稽可笑。很快，他便断定，它们根本没有气味，没有。因为他习惯于有声思维，所以实际上，他是在厨房自言自语，尽管没人听见他在说什么——女士和她丈夫此时一定入睡了。他朝角落里的垃圾桶走去，把花扔在垃圾里面。哎哟！他突然想起，那里面还有垃圾……他的内心不由得感到一阵阴沉沉的疲倦和抑郁，倒不是因为那天工作累到干不动，而是因为想到要把一大袋垃圾倒入垃圾运送槽，就觉得这是一件极为烦琐的事情；同时，他脑子里倏忽闪过女士那张凶巴巴的脸，像杜尔迦女神那样怒目圆睁。但旋即这种可怕的影像被另一种影像催眠，归于沉寂。这种新的影像让雷曼感到舒适自在，不受良心约束。他暗自胡思乱想着：不要紧，我明天早上会跟她说这两朵花的事……这个夜晚到第二天早上的这段时间似乎变得无比漫长，充满希望，给人心灵慰藉，让人觉得前景光明。明天一大早……就这样，这两朵花躺在一堆鱼骨头、鸡蛋壳、面包碎屑、茶叶渣和残羹冷饭上面过了一夜。

乔迁新居

　　我们搬进这所房子时，父亲决定摆酒庆贺一番——小规模酒席，只宴请一些亲朋好友。母亲不放心交给厨师办，所以整个上午都在厨房忙碌。她做了木豆菜和肉汁蔬菜①，炒了几盘用土豆和罂粟籽做的开胃菜，一盘用未成熟的波罗蜜做成的配菜，煎好了大块的铠弓鱼，还煎了一些更小的唐达鱼②——它们浸在调味汁里面，眼睛还是睁开的。厨师竭力想要指导母亲，只听见他不停地说"对的，大嫂"或者"不行，大嫂"。受邀请的客人也相继到齐。

　　最早来的是叔叔和婶婶；接着是堂姐香缇夫妇带着幼子布尔布；过了一会儿，就是未婚两姐妹钱德瑞玛·马什和因德拉妮·马什——她们是母亲的朋友，在锡尔赫特政府高级中学工

① 肉汁蔬菜（shuktani）：用多种蔬菜跟奶油色肉汁混合炖煮的一道孟加拉传统菜肴。
② 唐达鱼（tangda）：孟加拉当地一种淡水鱼，个头较小，此处为音译。

作；最后到的是帕拉米什叔叔两夫妇，帕拉米什叔叔是父亲多年好友，他妻子是英国人，来自约克郡，我叫她伊丽莎白婶婶。

叔叔坐在摇椅上，不停地摇着。九岁的男孩布尔布站在摇椅下面像滑冰板一样弯曲的底座上，跟着叔叔一起摇。大家都在谈天说地——因德拉妮·马什谈电视剧《摩诃婆罗多》和她的关节炎；钱德瑞玛·马什谈她的侄子们，谈学校的孩子，谈穆斯林用扬声器背诵祷告词的做法；帕拉米什叔叔谈股票，谈某些梵文单词的意思；母亲谈她自己，婶婶和堂姐则在一旁倾听。偶尔，外表靓丽又心地善良的伊丽莎白婶婶会找邻座的人聊一聊，不管邻座是谁。她说的是孟加拉语，但有点怪腔怪调，而且断断续续不连贯，令人惊讶的是，她的邻座居然能够回答她的所有问题。但可惜的是，只要她开口说孟加拉语，她的约克郡口音就会出卖她，她想要疯狂地尝试摆脱这种口音。说她发音错误，其实没有说到要点——她的发音显得天真、混乱，不符合人类社会的语调，倒像是小鸟在歌唱。

布尔布停下来，不再跟着摇椅摇动，而是转过脸去，表情严肃地看伊丽莎白聊天。房间外，人们进门前脱下的鞋子几乎堆成一座小山，场面蔚为壮观。鞋底五花八门，脚的型号各异，大小不一；穿鞋的品位也多种多样，有喜欢朴素的，有喜欢花哨的……房间里面人头攒动，几乎被挤得水泄不通。

后来，我们坐到椭圆形玻璃餐桌前，开始享用大餐。帕拉米什叔叔对着父亲惊呼："老兄，这桌子真不错啊！"大家对食物纷纷赞不绝口。伊丽莎白婶婶的形容词最丰富了，因为她可以调配两种语言资源。每个人都招呼其他人多吃点，争着给其他人递送食物。大家的手有些忙乱，并且好像突然多出了好多只手，因为每个人的手除了要越过很多人的手，把食物递送到别人碗里，还要送入自己口中。叔叔问我："我听说你会做饭？是真的吗？你从伦敦哪个地方搞到调味料？"我说："哦，伦敦有孟加拉人、印度人或者巴基斯坦人开的商店。我的确很会做饭。"这时，有人轻轻打了个嗝，但并没有引起大家的注意，因为它优雅自然地融入空气中，并没有留下多少痕迹。

餐后，我们又依次走进卧室洗手——我们用镇上买的含乳脂的香皂洗手。洗完后，香皂看起来跟奶酪一样可以食用，我们的手指也留有余香。我从房间看见：在外面的客厅里，厨师把碗碟端进厨房时，熟练地把一块美食塞进嘴里，动作敏捷得让人难以觉察；之后，在闷热又寂静的下午，他用一块湿抹布使劲擦洗玻璃桌，擦得桌子咯吱作响。他时不时退后几步，站定，眯起一只眼睛，看看桌子，再继续擦，直到睁着的那只眼睛确定桌子亮洁如新，才算完工。

恍然如梦

　　他试着给朋友打电话，但一直占线。有时是反复的忙音信号："扑⋯⋯扑⋯⋯扑⋯⋯扑⋯⋯"那听起来有点像堵车时汽车的喇叭声。就算平时，电话也总是打不通，只能听见一些噪声，像从遥远的地方传来，跟飞机起飞或着陆的轰鸣声类似。

　　他有些沮丧，试着打给接线员，但也打不通；有一两次，电话里传来接通的响铃声，铃声旋律动听，但没什么意义（那铃声像歌声一样凄美），电话那头根本无人接听。他不停地试拨，并开始默数拨打的次数。当他拨号时，或许月亮在正午时分升上他头顶，也或许太阳已经下山，但他并不在意这些。就在他第十六次尝试的时候，奇迹般打通了接线员的电话。

　　电话那头传来女性的声音："总机服务。"

　　他说出了要接通的电话号码。

　　那头的声音回答："请稍等。"之后，他再未听到这个声音，它像童年一样从他的生命中彻底消失。

他等啊等，一直等，听到电话的背景音里面有女接线员的笑声。他心里很纳闷，她们在干什么。突然，电话里传出轻轻拍打的声音，"啪、啪、啪、嘀嗒、嘀嗒、啪……"

他想说："请……"

但他不能把这句话说完，因为它很长，需要说话者能言善辩，所以他懒得开始。

他先是"喂"了一声，然后提高嗓门，像念咒语般重复："喂！喂！喂！"

女人们突然爆发出一阵笑声，那笑声仿佛超脱尘世，听起来兴高采烈。他想走进接线员的房间，用棍子打断她们的脊背，她们就不会这么开心了。但他转念又想，她们也有父母，也有兄弟姐妹，或许还有丈夫、有孩子。他叹了口气，无奈地放下电话。

他漫无目的地走到露台，看了看远处的水牛，然后又走回去，重新拿起电话。这次他发现有三个人——一个女人和两个男人在串线通话，愚蠢的苍蝇也被困在加尔各答电话局编织的致命罗网中。

那个女人说："请断开线路。"

一个男人说："你断开，我就断。"

另一个男士问："你们俩能不能都断开？"

第一个男士问："你是谁呀？"

他听了一下，内心挣扎着要不要加入他们。他急切地想告诉他们一些值得纪念的美好的事情，如耶稣的登山宝训①。但他摇摇头，把电话放回去，然后盯着电话，陷入沉思。心想：没用的，打不通的，加尔各答的电话形同虚设。他有一次看《淘金记》，电影里面的查理·卓别林津津有味地吃一只鞋子；后来他也模仿卓别林，把鞋子放在盘子里，切开，像剔骨头一样，把里面的钉子剔出来，把切碎的鞋子放进嘴里咀嚼。他很好奇，对手中这个讨厌的电话卓别林会如何处置。毫无疑问，卓别林的做法一定让他意想不到，或者让他对电话刮目相看。

他想："我一定要亲自去看那部电影，那一定会是全新的体验。"

想到这儿，他站起身，换上衬衫，走出屋子，去电影院。路上，他在人行道的报刊亭买了一份《政治家》，认真阅读报纸第二页的院线娱乐版，上面用微小字体印刷着各大影院的名字，有"环球""灯塔""密涅瓦"②"麦德龙"和"老虎"等。他坐上一辆开往娱乐广场的微型公交。车上座位已经坐满，加

---

① 登山宝训（Sermon on the Mount）：《圣经·马太福音》中耶稣在山上所说的话，这段话被认为是基督徒言行的准则。

② 密涅瓦（Minerva）：罗马神话中智慧女神的名字，此处为一家电影院的名字。

上车顶高度有限（难怪它被称为"微型公交"），所以他不得不低着头，全程站立。他一路都在想："也许坐在我旁边的这个男人要下车，这样我就可以坐他的位置。"但他始终未能如愿。

他在娱乐广场下车，步行前往麦德龙影院，这可是全城影院中的佼佼者。这里正在放映一部古老但十分经典的印度黑白电影，虽然有点出乎意料，但他还是很高兴，因为他喜欢看黑白电影。电影里的世界早已不复存在，但在那个世界里，男女主角可以在空荡荡的马路中间任意高歌，没有一辆车从身边呼啸而过；那个世界里，不管在公园、房子前面、车库、商店，还是医院前面，人们都可以放声歌唱。

他买了一张楼厅座位票，因为是老电影——而且自从录像机这种可怕的盒子进入千家万户的客厅，电影院就变得冷冷清清——所以买票的时候无须排队。他沿着楼梯走上去。

影院里面多少有些荒凉，售卖冷饮和爆米花的吧台也显得十分破旧。他穿过一扇门走进放映厅，里面一团漆黑，里面正在放映一部关于新水坝施工建设的纪录片。一名老年引座员照着手电筒，看了看他的票，把他带到位置上。他坐下来，盯着银幕，看见水流在奔涌、打旋、流向四面八方，像牛奶一样白花花，泛着泡沫；到处都有工人们拿着铁铲走动的身影，他们头顶上方悬着装满石头的铁篓子；大型机器里面坐着几个工程师，他们大声指挥，手指似乎指着太阳，身上体现出一种严谨的工作作风。同时，纪录片中循环播放着一首让人难以忍受的曲子，是用大鼓、吉他、班卓琴和长笛演奏的曲子，听起来既不像外国曲调，又不像印度曲调，而是两者胡乱混杂而成；正是因为这种疯狂的混杂，这首曲子才显得格外引人注意。最后，大坝终于巍峨耸立，影片也就此达到高潮，此时响起评论员的声音，称大坝是"一项伟大的成就"，还发表了一些赞美之辞，歌颂"新印度"和"我们引以为豪的科学家和工程师"。然而，他坐在那里，看着大坝，心里却没有任何感觉，没有自豪，也没有愤怒。

他开始感到闷热。空调没有运行，只有几台立式电风扇在咯吱作响地转动，朝他吹着风，但很快又矜持地转向别处。放映厅看起来像一个庄严古老的官殿，墙上有些地方雕刻着花纹，像蛋糕上那层糖衣。

几分钟后，他隐约听见后面有人在抗议，看见几个人快速从他身边经过，然后走出大门。他能听见外面的争吵声，但是电影开始了，他安下心来，坐在座位上仔细观看。此时，银幕上出现一长串演职人员名单。

尽管还是很热，但他已经全身放松，开始哼起歌来，第一首歌是关于女人眼睛的歌曲，非常诙谐幽默。他觉得自己完全沉浸在黑白电影中，里面的小汽车不是普利茅斯，就是宾利。男主角是个出租车司机，举止粗俗，但性情温和，有自己独立的思想；而女主角是个养尊处优的独生女，以打羽毛球为职业。他认为那个年代的社会一定特别单纯，只有黑白两色，没有其他颜色，人们要么沐浴在阳光下，要么置身于阴影中——事实上，当时的社会就是如此。

　　这时，他意外看见一团黑乎乎的小东西，鬼鬼祟祟地经过第一排座椅。他很好奇那究竟是什么，虽然目光重回到电影上，但忍不住又看了一眼，这回那小东西离他更近，他看清楚了，原来是只老鼠，好似一小捆棕色毛发，配上一双眼睛，并注入了生命。它钻到一把椅子下面，不见了。他心情平静，随意地抬起双腿，搁在前排座位上，幸好前排没人坐。女主角是羽毛球运动员，非常漂亮，然而他心里还是惦记着那只老鼠。

　　之后，他又看见一只又一只老鼠，像一团团小黑点，从放映厅一端飞速移向另一端，其中还有一些在附近窜来窜去。他怀疑它们是不是在寻找什么——不管是什么，那东西一定对它们至关重要。突然，他站起身，沿着过道走向大门。他觉得没人注意到他，因为放映厅里面除了那些忙碌的小生物，几乎空无一人。他莫名其妙地对它们有种尊重感，因此不想打搅它们。外面烈日当空，酷热难耐。过了一会儿，他的眼睛才适应光线，就好像刚刚睡醒的时候一样。他迷糊糊地想，今天就像做了一场梦，但看看手表，发现已经是下午三点半，他立即开始思考下一步该做什么。

凉爽

今天是周六，早上七点开始停电，现在是中午十二点。

这个男人仅穿一条内裤，站在窗边。两个小时以前，他热得脱下外裤；过了半个小时，他又脱下衬衫，仍然大汗淋漓。

他心想：感谢上帝，我是个男人；若我是个女人，还能这样一脱为快吗？

过了一会儿，他不知不觉把汗衫也脱了，所以现在，他的身上只剩内裤。他是刚刚才发现自己几乎赤身裸体的，但他就这样在房间里随意地踱步，享受着身体不受牵绊的快感，心里不着调地哼唱起泰戈尔的一首歌曲来：

一只蜜蜂无意飞进我的房间，嗡嗡低语。

向我诉说一个人的故事——然后，飞走了。

他停下脚步，凝视着镜中的自己。镜中的他双肩塌陷，两个乳头好似一双温柔的眼睛，在跟他凝眸对视，腰身呈现轻微的曲线，有种女性的柔美，这让他感到有些尴尬。看着看着，他不禁对自己的身体心生怜惜，那是一种朦胧、如慈父般的感觉。

> 阳光从未知的天空倾泻而下，
> 猿尾藤花在神秘的森林里尽情绽放……
> 蜜蜂信使向我翩翩飞来，
> 在我耳边低吟浅唱，
> 传送鲜花盛开的讯息。

他往身上喷撒爽身粉，脖子、肩膀、胸前、乳头和肚子顿时变得白茫茫的一片，只有肚脐眼黑幽幽的，像个无底洞。他一只手使劲伸向背部，啪啪地拍打一番，想让爽身粉覆盖到难以触及的部位。他的拍打声饱含深情，显然，这个男人很爱自己，喜欢用自己特有的适度的方式感受自己。爽身粉在他肩膀周围弥漫、升腾，如飘浮在半空的神秘云朵，而后又渐渐消散。这些影像构成一幕幕如浮云般短暂的瞬间，摄入镜框之中。房间里散发着薰衣草的香味。

此时，男人走进浴室，打开冷水龙头，惊讶地发现流出的居然是热水。他确认了一下，看自己是否开了热水龙头，但结果证明没有。他不甘心，拿一个粉红色塑料杯装满水，试探性地浇到身上。每浇一下，他都会痛苦地喊叫一下，但是在这间隙，他仍然唱着不着调的歌曲，并且唱得有点大声——好让歌声盖过水流声，这样自己就能够听见。

> 我该如何安心待在房间？
> 思绪如水银般动荡不安。
> 我茫然不知，
> 该如何熬过这段日子——靠数着天数熬过的日子。

几分钟后，他身体湿漉漉地走出浴室，银光闪闪的水滴沿着胡桃木颜色的皮肤往下流淌。他站在窗前，迎面吹着凉爽的东风，但手臂、肘部、膝盖，甚至睾丸仍在不停冒汗，仿佛在悲伤地流泪。

> 我被一个人的魅力征服，再也无心工作，整日困在歌声里，以音乐寄相思。蜜蜂向我诉说她的故事——然后，飞走了……

　　他让自己的身体凉爽下来，如森林的浓荫般凉爽，如森林浓荫下的鲜花般凉爽。清风习习，他赤裸的身体闪着亮光，突然打了个战，仿佛突然得到一个女人的深情一吻。

　　他声音起伏婉转地继续唱着："啊，啊……"

　　他确信周围没有目光在注视他。